山东艺术学院科研成果出版基金资助
高水平应用型大学建设戏剧影视导演（群）项目

彼得·谢弗总体戏剧研究

朱玉宁　著

中国戏剧出版社
CHINA THEATRE PRESS

图书在版编目（CIP）数据

彼得·谢弗总体戏剧研究／朱玉宁著．— 北京：中国戏剧出版社，2018.11
ISBN 978-7-104-04712-4

Ⅰ．①彼… Ⅱ．①朱… Ⅲ．①彼得·谢弗（Sir.Peter Shaffer,1926-2016）—戏剧文学—文学研究
Ⅳ．① I561.073

中国版本图书馆CIP数据核字（2018）第205709号

彼得·谢弗总体戏剧研究

责任编辑：王松林
项目统筹：张　霞
责任印制：冯志强

出版发行：	中国戏剧出版社
出 版 人：	樊国宾
社　　址：	北京市西城区天宁寺前街2号国家音乐产业基地L座
邮　　编：	100055
网　　址：	www.theatrebook.cn
电　　话：	010-63385980（总编室）
传　　真：	010-63383910（发行部）

读者服务：010-63381560
邮购地址：北京市西城区天宁寺前街2号国家音乐产业基地L座

印　　刷：	北京鑫瑞兴印刷有限公司
开　　本：	880mm×1230mm　1/32
印　　张：	8
字　　数：	160千字
版　　次：	2018年11月　北京第1版第1次印刷
书　　号：	978-7-104-04712-4
定　　价：	50.00元

版权专有，违者必究；如有质量问题，请与出版社联系调换。

前言
preface

朱玉宁

彼得·谢弗是英国当代戏剧史上一位举足轻重的剧作家，他自20世纪50年代开始戏剧创作，90年代完成最后一部剧作《戈尔贡的礼物》，创作生涯横跨40余载。虽然他的剧作技巧之高有目共睹，但学界对其剧作却一直缺乏应有的关注，尤其缺乏对其剧作的剧场性与文学性在内的艺术成就的全面解读。

本书以彼得·谢弗剧作为研究对象，主要以他最著名的"三部曲"《皇家太阳猎队》《伊库斯》《上帝的宠儿》为论述重点，兼及《五指练习曲》《黑暗中的喜剧》《戈尔贡的礼物》《莱蒂斯与拉维纪草》等剧。就研究角度与方法而言，笔者拟从"总体戏剧"角度来探讨。"总体戏剧"并非一种创作手法，而是由戏剧家对戏剧概念以及戏剧各要素重要性的不同理解而产生的戏剧理念。彼得·谢弗提倡在与戏剧文本结合的同时，戏剧的每种要素都具有独立的审美品格，在戏剧整体中能够发挥出各自的重要性。本书分五个部分说明彼得·谢弗的总体戏剧观。

绪论概括彼得·谢弗的创作历程以及学者、评论家对其剧作的评价情况。

第一章回溯总体戏剧的发展历程，并阐明彼得·谢弗的总体戏剧理想以及他与瓦格纳、阿尔托等人在总体戏剧观念上的异同。

第二章由剧场性要素入手，分析彼得·谢弗戏剧中对服装、化妆、灯光、道具、舞台布景等造型要素、音乐要素以及对影视艺术要素表现手法的重视。这些要素既与戏剧文本紧密地结合在一起，又具有各自独立的审美品格，具有重要的作用。

第三章从戏剧结构方面，分析彼得·谢弗剧作与传统剧本结构的不同之处。他在剧作中引入了第一人称叙事者，为了叙事的方便，彼得·谢弗采取了多场次的结构方式，他充分利用戏剧的假定性，借助观众的想象与灯光、布景等的密切配合，顺利实现了场面的切换，在戏剧时空方面呈现出立体复合、多层次的特征。

第四章着重分析彼得·谢弗剧作中的人物塑造。"父亲"形象在彼得·谢弗戏剧中具有举足轻重的作用，他通过对生父、"教父"与"天父——上帝"这三种父亲形象的塑造，构筑起剧作多层次的内涵，但三种或潜在或缺失的父亲形象的崩塌，预示着西方世界面临的问题以及剧中人注定的悲剧。

　　第五章揭示彼得·谢弗剧作的文化意蕴。彼得·谢弗的剧作体现出跨文化思想并具有强烈的仪典特征，这是其剧中人进行身份确认的一种方式，也是彼得·谢弗剧作中剧场性的一种体现方式；最后，彼得·谢弗剧作中常常出现看似对立实则精神相通的两种人物，他们作为日神精神与酒神精神的代表，在剧作中体现出两种善的对立与冲突，这两种人物在西方文化中具有原型性意义。

目　录
contents

绪论 / 1

第一章　总体戏剧：由瓦格纳到彼得·谢弗 / 31
　　第一节　总体戏剧谱系考察 / 33
　　第二节　彼得·谢弗的总体戏剧观 / 52

第二章　彼得·谢弗总体戏剧之剧场要素 / 65
　　第一节　简约而盈满的舞台 / 67
　　第二节　音乐：隐在的角色 / 76
　　第三节　蒙太奇、定格：电影手法的运用 / 84

第三章　彼得·谢弗总体戏剧之文本变异 / 93

第一节　叙事者与叙述视角 / 95
第二节　场面化：自由的叙事 / 109
第三节　戏剧时空：多重并置 / 114
第四节　选材：历史化与新奇化 / 121

第四章　彼得·谢弗总体戏剧之人物塑造
——以"父亲"形象为例 / 129

第一节　生父：存在或潜在的权威 / 132
第二节　"教父"：精神的引导或毁灭 / 144
第三节　天父——上帝：对信仰的追寻与破灭 / 157

第五章　彼得·谢弗总体戏剧之文化意蕴 / 171

第一节　跨文化戏剧思想 / 173
第二节　仪式：身份确认及剧场性 / 180
第三节　双重性：两种"善"的对立与冲突 / 195

结语 / 213

附录 / 221

参考文献 / 231

绪 论

一、彼得·谢弗：其人其作

彼得·谢弗是英国当代戏剧史上一位举足轻重的戏剧家。他1926年5月15日出生于英格兰利物浦的一个犹太中产阶级家庭，先后就学于伦敦圣保罗学校与剑桥大学圣三一学院，1950年获得历史学学士学位。他有一个孪生兄弟安东尼·谢弗，后者也是一个著名的剧作家，代表作为百老汇经典名剧《侦查》(Sleuth)。兄弟俩在读大学期间曾合编过学生刊物。在成为一个戏剧家之前，彼得·谢弗做过许多种工作。"二战"期间，他曾经在煤矿工作，这段经历使得他对普通人如何度过自己的人生有了更深的思考。

20世纪50年代彼得·谢弗在纽约曼哈顿的一家书店和纽约公共图书馆里做职员，这使得他有机会去看百老汇以及外百老汇的各种戏剧，激励他写出了自己的第一部戏《盐碱地》(the Salt Land)，这是一个关于两个移民兄弟在以色列集体农场中的矛盾冲突的电视剧本。但长久以来的教育与家庭环境使得他并没有觉得自己可以从事戏剧工作。他后来在一个访谈节目中谈道，"戏剧……对我而言，有点轻浮和错误。我应该从事一些更让人尊敬和更正式的工作，在空闲时间从事戏剧。就这样，我想，我在很长一段时间内否认了写戏为我带来的乐趣。"①

1954年彼得·谢弗返回英国，为音乐出版商布斯和霍克斯（Boosey and Hawkes）工作了一段时间。在这段时间里，他的戏《盐碱地》在电视台播出了；他还以安东尼＆彼得·谢弗的名字发表了自己的最后一部侦探小说《憔悴的谋杀者》（Withered Murder）。1956年到1957年，他为《真相》（Truth）杂志做文学评论，这使得他对文学有了更浓厚的兴趣。在20世纪50年代后期，彼得·谢弗成为一个收入可观的作家。1957年12月4日（有的资料认为是9月4日）他的广播剧《浪荡的父亲》（The Prodigal Father）在英国广播公司的周六下午场播出。他为英国广播公司制作的电视剧《恐怖的平衡》（Balance of Terror）于1957年11月21日在英国播出，随后于1958年1月27日在第一演播室（Studio One）播出。

1958年对于彼得·谢弗而言是具有重要意义的一年，在这一年里，他的《五指练习曲》（Five Finger Exercise）被搬上舞台，这部戏由约翰·吉尔古德（John Gielgud）担任导演，在伦敦与纽约都大受欢迎。虽然这部戏的内容与手法比较传统，不及彼得·谢弗的后期戏剧有深度，但这部戏却赢得了评论家们的交口称赞。

---

① Virginia Cooke and Malcolm Page compiled. *File on Shaffer*. Methuen: London and New York, 1987, p.7.

这部戏的成功使得彼得·谢弗坚定了做一名戏剧家的决心。

1961—1962年,彼得·谢弗为《时代与潮流》(*Time and Tide*)杂志做音乐评论,这是一份使他感到愉悦的工作。与此同时,他也写出了自己的双剧目(double bill)剧本《公共之眼》(*The Public Eye*)与《私人之耳》(*The Private Ear*)。同样的,这两部戏在伦敦与纽约都备受瞩目。

1964年的《皇家太阳猎队》(*The Royal Hunt of the Sun*)是彼得·谢弗继《五指练习曲》之后取得的一个突破。这部史诗剧表面上讲述了16世纪时的皮萨罗带领100多人去征服有着600万人口的印加帝国的故事,但剧作主人公皮萨罗寻找信仰而破灭的失望情绪深深地感染了每一个人。彼得·谢弗在剧中融合了布莱希特的史诗剧与阿尔托的残酷戏剧手法,让我们思考上帝以及人的存在问题,这部在伦敦以及纽约上演的戏剧被认为实现了谢弗长久以来想创作的"总体戏剧",而他在这部戏中探讨的上帝以及信仰问题在他后面的几部戏中也有更进一步的思考。与此同时,60年代的彼得·谢弗还创作了其他风格的两部戏:《黑暗中的喜剧》(*Black Comedy*)与《循规蹈矩的骗子》(*The White Liars*)。

20世纪70年代的彼得·谢弗虽然遭遇了一部剧作的失败,但《伊库斯》(*Equus*)与《上帝的宠儿》(*Amadeus*)获得了巨大的成功。这两部剧作与其60年代的《皇家太阳猎队》一起构成谢弗关于上帝与信仰问题的三部曲,而这三部戏也被认为是他影响最大、水准最高的剧作。

1982年,彼得·谢弗开始与导演米洛斯·福尔曼合作,将《上帝的宠儿》搬上银幕,最终电影《莫扎特传》于1984年上映,同样获得了巨大的成功。1985年,彼得·谢弗再次运用史诗剧手法创作的《约拿达》(*Yonadab*)上演。1987年,彼得·谢弗为麦琪·史密斯创作的喜剧《莱蒂斯与拉维纪草》(*Lettice and Lovage*)也上演了。这部喜剧描述了两个女子奇特的友谊与行为,观众们仿佛跟着她们进行了一次奇异之旅。

1992年,彼得·谢弗的最后一部舞台剧《戈尔贡的礼物》(*The Gift of the Gorgon*)上演了。这部剧作用倒叙的手法讲述了一个戏剧家与他妻子几十年的爱恨纠葛,中间贯穿着剧作家对戏剧、对人生的态度,我们从这个知名剧作家身上看到了彼得·谢弗的影子。

从20世纪50年代开始舞台剧创作,直至90年代封笔,彼得·谢弗的戏剧创作生涯跨越了40多年,虽然他创作的舞台剧并不是很多,但我们很难用一种确定的类型来概括他的剧作。就其戏剧创作种类与创作手法来看,他的第一部舞台剧《五指练习曲》是传统的写实主义剧作,描写中产阶级的生活与思想;《伊库斯》《皇家太阳猎队》《上帝的宠儿》《约拿达》是采用布莱希特式叙事手法的史诗剧;《私人之耳》《公共之眼》《黑暗中的喜剧》《莱蒂斯与拉维纪草》又是妙趣横生的喜剧。无论是创作哪种类型的戏剧，他都能挥洒自如、游刃有余。并且，毫无疑问，彼得·谢弗的剧作取得了巨大的商业与艺术成功，他成为难得的商业性与艺术性兼备的剧作家。他的剧作在英国、美国、中国、德国、奥地利、法国、瑞典均有上演，《伊库斯》《上帝的宠儿》在百老汇连演一千多场，创造了百老汇演出史上的惊人纪录。与此同时，这些剧作也得到了广泛的艺术性的承认，荣获了许多奖项。《五指练习曲》获得1958—1959年度伦敦戏剧晚会剧作家奖（Evening Standard and Best Play Drama Award）和1959—1960年度纽约戏剧评论圈最佳外语剧本奖。《伊库斯》获得托尼奖、纽约戏剧评论家奖、洛杉矶戏剧评论家奖等。《上帝的宠儿》1981年获得5项托尼大奖，被《戏剧与演员》杂志评为年度最佳剧作；它由彼得·谢弗本人改编为电影，1985年获得了包括最佳编剧奖在内的8项奥斯卡大奖。他的《伊库斯》和《上帝的宠儿》早已进入戏剧课本，成为戏剧系学生的必修篇目。而彼得·谢弗因为其高超的选题与编剧能力，对其他剧作家产生了巨大的影响。如詹姆士·威尔士（James Welsh）指出，约翰·皮尔迈尔（John Pielmeier）的剧作《上帝的女儿》（*Agnes of God*）就是对《伊库斯》的巧妙的模仿。在马德里的1989—1990戏剧季演出中，米格尔·迪利比斯（Miguel Delibes）的《我们祖先的战争》（*Our

Ancestors' War）与《伊库斯》有诸多相似之处。他的剧作上演后，也经常引发激烈的讨论，《伊库斯》于2009年再次被搬上舞台时，由著名的哈利·波特扮演者丹尼尔·雷德克里夫担纲主角，其裸体演出在西方世界亦引起轩然大波。《上帝的宠儿》被搬上舞台尤其是被搬上银幕后，由于彼得·谢弗塑造了生动鲜明的萨列瑞形象，这位在死后一直默默无闻的宫廷乐师也成了人们关注的焦点，他的曲子与莫扎特的放在一起出售。[①] 从而引发了一股讨论、描写萨列瑞的风潮。

因为其杰出的剧作，彼得·谢弗本人也获得了无数的荣誉。他是皇家文学协会成员（the Royal Society of Literature）、戏剧家协会（the Dramatists Guild）的成员，于1987年获得大英帝国司令勋章（Commander of the British Empire），2001年新年之际被英国女王伊丽莎白二世封为爵士（Knight Bachelor）。

尽管如此，作为剧作家的彼得·谢弗还是鲜为人知，这与他低调的性格有关，也与评论家们对他的忽视、轻视有关。彼得·谢弗认为，剧作家与剧作是两码事，他刻意将自己与自己的剧作区别开来，正如批评家约翰·罗塞尔·泰勒（John Russell Taylor）所指出的，"作为一个名人，彼得·谢弗仍然是他的时代最为神秘

[①] 详见 Dennis A.Klein. *Peter Shaffer Revised Edition*. Twayne Publishers: New York, 1993, pp.233-234.

的人物。"① 在这一点上,彼得·谢弗与阿加莎·克里斯蒂非常相似:作为侦探小说女王的阿加莎,断定自己并不适合抛头露面,于是她只在自己的小屋里创造绝妙的悬念。尽管彼得·谢弗的戏剧创作取得了这些成就,但是评论界对他的剧作评价褒贬不一,且大多对其剧作评价不高。他早期的剧作被称作"厨房水槽剧"(kitchen-sink drama),而后期的戏剧又被认为"太戏剧"(too theatrical),其剧作的成功被归功于杰出的导演——彼得·伍德、彼得·霍尔、约翰·德克斯特——或者杰出的舞台设计——约翰·纳佩尔和约翰·巴里,这些设计使得剧作栩栩如生;甚至那些知名的演员——约翰·吉佳德爵士、布莱恩·拜德福德、罗兰·卡尔沃、杰西卡·坦迪、麦琪·史密斯、肯尼斯·威廉姆斯、科林·布莱克利、罗伯特·斯蒂芬等——由于他们的杰出表演使得彼得·谢弗的剧作由普通之作成为杰作。彼得·谢弗被公认为写作技巧高超的匠才(craftsman)而非戏剧家,他的剧作被有些评论者认为是"外表光鲜、内里空洞"。② 还有刻薄的评论者抱怨他虚假的哲学讨好行为,认为他可能是自约翰·德林柯沃特以来最糟

---

① Eberle Tomas. Introduction // *Peter shaffer: an annotated bibliography*. New York&London: Garland Publishing Inc, 1991, p.xix.
② 参见 Gene A.Plunka. *Peter Shaffer: Roles Rites and Rituals in the Theatre*. Fairleigh Dickinson University Press, 1988, pp.13-14.

糕的英国严肃戏剧家。①

其实,将彼得·谢弗的剧作放在当时英国的戏剧背景中考量,我们能发现其剧作被忽视还有其他方面的原因。彼得·谢弗创作的这40多年里,左翼戏剧和荒诞派戏剧、布莱希特史诗剧是英国戏剧创作的主流。1956年,约翰·奥斯本的《愤怒的回顾》在皇家宫廷剧院上演。"该剧以主人公身上的卑微、高亢的情绪和过激的言辞等特点打破了英国剧坛的沉寂,使社会问题再次成为戏剧的重要主题,并使戏剧成了当今英国文学的重要组成部分"②。这成为英国当代戏剧发展的第一次浪潮。以约翰·奥斯本为代表的一些剧作家将自己的关注点放在社会问题上,创作出一系列"社会问题剧",他们也由此被称为"愤怒的青年"。两年后,彼得·谢弗的《五指练习曲》被搬上舞台,这部剧作取得了成功,获得了诸多奖项,也使彼得·谢弗坚定了做一名戏剧家的决心。达灵顿(Darlington)在他的文章中认为,谢弗的这部剧作既没有用先锋的理论,也没有反社会的愤怒,但有一双观察人性的眼睛和倾听人声的耳朵,是一

---

① Introduction xxi// *Peter Shaffer: An Annotated Bibliography*. Eberle Thomas. Garland Publishing Inc, New York&London, 1991.

② 参见王岚、陈红薇:《当代英国戏剧史》,北京大学出版社2007年版,第8页。

部好的剧作。① 虽然这部剧作获得了很高的评价,但它并不像当时剧作家那样对社会问题有所关注。1968年,英国戏剧审查制度被取消,受国际学生运动、核裁军运动、黑人民权运动、反越战情绪等的影响,大批左翼戏剧家登上英国戏剧舞台,这成为当代英国戏剧运动发展的"第二次浪潮"。与左翼戏剧的创作思想和方法截然不同的荒诞派戏剧在战后英国戏剧中也有大批的拥趸。这两种戏剧创作方法构成"二战"后英国戏剧实验的主流。此外,"二战"前在英国就已确立的布莱希特史诗剧理论和阿尔托的残酷戏剧理论也在不同程度上影响着英国戏剧家的创作。虽然彼得·谢弗的剧作在一定程度上运用了史诗剧的方法,但总体而言,他的戏剧创作既没有像荒诞派戏剧那样有形式上大的创新,也没有对社会问题的集中关注。所以,彼得·谢弗游离于"二战"后英国戏剧创作的主流。因此,在一定程度上,他被评论家们轻视甚至忽略了。虽然他比同时代的约翰·奥斯本、哈罗德·品特、约翰·阿登年长三四岁,比罗伯特·博尔特、布兰登·贝汉(Brendan Behan)和约翰·莫蒂默(John Mortimer)又年轻两三岁,可以说,他与这些剧作家一起构成战后英国戏剧创作的中流砥柱。但是,相较而言,彼得·谢弗不像约翰·奥斯本

---

① 参见 Eberle Thomas. *Peter Shaffer: An Annotated Bibliography*. New York&London: Garland Publishing Inc, 1991, p.67.

那样专注于剧作的政治性诉求，也不像哈罗德·品特等剧作家那样注重作品在形式上的创新。加之由于他创作题材与手法的多样性，评论家们发现将彼得·谢弗划分为某类剧作家是一件非常困难的事情，而谢弗本人也并不喜欢这样做，在1960年的一次访谈中，他谈道："在英国，现在有一种绝对划分两派的体系，剧作家通常自动地被记者们认定为左派或者右派，即使是一些批评家也急于建立那样一种模式，好像这样做让他们感觉更安全，……我不想被别人划分类别，尤其是这些划分标准不仅无关甚至常常南辕北辙。……作为一个剧作家，我害怕被贴标签——无论是公开的抑或是私下里。我宁愿相信我的图腾动物是变色龙。……我想在戏剧方面做许多不同的事情。正如我故意在失去活力的传统的自然主义戏剧《五指练习曲》中所做的。（传统是完全适合这个主题的，如果严肃的对待它，它完全不会死去）所以我也想尝试其他吸引我的传统和形式。……我足够激进地认为自我出生后几乎所有伦敦西区制作的新戏都是颓废的或者无用的。"[①] 因此，一般来说，在谈到战后英国戏剧史的时候，彼得·谢弗被谈到的概率并不大。

---

① Virginia Cooke and Malcolm Page compiled. Labels Aren't for Playwright//*File on Shaffer*, Methuen: London and New York, 1987, p.80.

二、作为戏剧家的彼得·谢弗：评论与研究现状

对彼得·谢弗剧作的评论呈现出多样的面貌。虽然彼得·谢弗的大部分剧作都取得了巨大的成功，尤其是他的最著名的"寻找信仰"三部曲《皇家太阳猎队》《伊库斯》与《上帝的宠儿》堪称其创作的巅峰之作，并且取得了巨大的商业成功。但对他作品的评论大多是负面的，如1964年《时代》登载的对《皇家太阳猎队》的评论认为这部剧"看上去内容空洞"[1]，同一年杨的评论认为"它缺乏深度"、"这部剧的思想不够深刻、语言不够优美"[2]，即使是其后期取得巨大影响的《上帝的宠儿》，也有人认为这是一部"中等质量的剧作"，这部剧作是令人高兴的，但它缺少成为更伟大作品的潜质。[3]

即使是称赞他剧作商业成绩的人，也对他剧作的艺术评价持保留态度，大多只承认他杰出的写剧技巧，如格林（J.G.Green）登载于《加拿大戏剧评论》的文章认为《上帝的宠儿》展现了彼得·谢弗"广阔、多样与杰出的剧作技巧"[4]。彼得·海普勒（Peter Hepple）总结彼得·谢弗的职业与地位时认为彼得·谢弗"在作品数量

---

[1] Eberle Thomas. *Peter Shaffer: An Annotated Bibliography*. Garland Publishing Inc. New York&London, 1991, p.87.
[2] Ibid, p.89.
[3] Ibid, p.205.
[4] Ibid, p.189.

上有所欠缺,但他靠无瑕的写作技巧和优秀的剧场效果来弥补。"①

但与上述论断截然相反的是也有评论家公开赞扬彼得·谢弗的戏剧成就,"30多年以来,彼得·谢弗一直是个备受争议的剧作家。争议的焦点既不是关于他作品的内容也不是他作品的形式,而是他作为剧作家的地位问题。他的对手,无法否认他的剧作在票房上取得的巨大成功;但他们不断地质疑,甚至是经常公开的充满敌意的质疑他的才能与正直。……虽然我们无法预计谢弗在未来的戏剧史中的地位,但有一点我们可以确定的是,他们将会承认他是'二战'后时代英国最受欢迎、戏剧搬演次数最多的剧作家。同样我们可以肯定的是,他的戏还将继续上演,彼得·谢弗仍然会被谈论许多年。"② "我们很难找到一个如此关注思想和心理关系的同时又在创造视觉与剧场效果方面如此有办法的剧作家了。"③

彼得·谢弗在评论界遭受褒贬不一的评价,在学术界,其剧作也并未受到学者们的重视。国外学者关于

---

① Eberle Thomas. *Peter Shaffer: An Annotated Bibliography*. Garland Publishing Inc. New York&London, 1991, p.189.
② Eberle Thomas. Introduction xxii// *Peter Shaffer: An Annotated Bibliography*. Garland Publishing Inc, New York&London, 1991.
③ Eberle Thomas. *Peter Shaffer: An Annotated Bibliography*. Garland Publishing Inc. New York&London, 1991, p.12.

彼得·谢弗的著作中，大多数并没有达到很深的学术研究程度，目前所见只有卡瓦纳（M.K.Mac Murraugh-Kavanagh）的《彼得·谢弗：剧场与戏剧》（*Peter Shaffer: Theatre and Drama*，1998）一书可谓目前关于彼得·谢弗的专著中最具学术高度的一部，作者从彼得·谢弗剧作的剧场性、语言、身份问题、女性角色、神话与道德等几个方面阐释了他的剧作。除此之外，普兰卡（Gene A. Plunka）的《彼得·谢弗：戏剧中的角色、仪典与仪式》（*Peter Shaffer: Roles, Rites and Ritual in the Theatre*，1988）一书也对彼得·谢弗的剧作进行了一定程度的研究，这部著作探讨了彼得·谢弗剧作的思想性、形式方面的借鉴性（布莱希特、阿尔托等），然后分别分析了他最主要的几部剧作：《五指练习曲》《公共之眼》《私人之耳》《皇家太阳猎队》《黑暗中的喜剧》《善意的说谎者》《忏悔屋》（*Shrivings*）、《伊库斯》《上帝的宠儿》，最后作者总结道：彼得·谢弗是一个完美的剧作家，是现代舞台最有创意的戏剧家，他在戏剧史上已经建立了重要的地位。

在关于彼得·谢弗的其他著作中，比较重要的一部是爱博勒·托马斯（Eberle Thomas）的《彼得·谢弗评注集》（*Peter Shaffer: An Annotated Bibliography*，1991），这是研究彼得·谢弗剧作不可缺少的一本资料集，它比较全面的搜集、整理了彼得·谢弗的研究著作、评论、报道、论文，还包括谢弗对自己及作品的谈论。该书涉及整理的评论作品包括他的早期作品（小说、广播、电视剧）、《五指练习曲》《公共之眼》和《私人之耳》《皇家太阳猎队》《黑暗中的喜剧》和《善意的说谎者》《忏悔屋之战》(*The Battle of Shrivings*)、《伊库斯》《上帝的宠儿》《约拿达》《莱蒂斯与拉维纪草》，可谓彼得·谢弗研究的集大成者，对进一步研究彼得·谢弗具有指导性意义。

除却这部百科全书式的著作，其他的彼得·谢弗研究著作大多体现为对彼得·谢弗戏剧生涯的介绍，对其剧作的分析，包括戏剧情节、结构、人物、主题等的分析，对其剧作首演时间、地点、演职人员以及评论界反应的整合、整理，并对其在戏剧史中的地位进行预测与评价。如约翰·鲁塞尔·泰勒（John Russell Taylor）的《彼得·谢弗》(*Peter Shaffer*, 1974)、吉安娜卡瑞斯（C.J.Gianakaris）的《彼得·谢弗》(*Peter Shaffer*, 1992)、丹尼斯·克雷恩（Dennis A.Klein）的《彼得·谢弗（修订版）》(*Peter Shaffer Revised Edition*, 1993)、弗吉尼亚·库克与马尔科姆·佩奇（Virginia Cooke and Malcolm Page）编辑的《彼得·谢弗档案》(*File on Shaffer*, 1987)、加纳卡瑞斯（C.J.Gianakaris）编辑的《彼得·谢弗：汇编集》(*Peter Shaffer:a Casebook*, 1991)。

一般而言，戏剧史或者艺术史中谈到战后英国戏剧时，主要谈到的戏剧家有哈罗德·品特、汤姆·斯托帕德、约翰·奥斯本、约翰、阿登等"一线"剧作家,彼得·谢弗与他们相比"曝光率"低了许多,目前能见到的论述彼得·谢弗剧作的此类著作主要有海曼·罗纳德(Hayman Ronald)的《1955年以来的英国戏剧:一种再评价》(*British Theatre Since 1955: a Reassessment*,1979年版)、约翰·埃尔瑟姆(John Elsom)编辑的《战后英国戏剧批评》(*Postwar British theatre criticism*,1981年版)、詹姆斯·埃克森(James Acheson)编辑的《1960年以来的英国与爱尔兰戏剧》(*British and Irish Drama Since 1960*,1993年版)、伯尼(K.A.Berney)编辑的《当代英国戏剧》(*Contemporary British Drama*,1994年版)以及克里斯托弗·因斯(Christopher Innes)的一系列著作:《现代英国戏剧:1890—1990》(*Modern British Drama: 1890—1990*,1992年版)、《现代先锋戏剧》(*Modern Avant Garde Theatre*,1993年版)、《现代英国戏剧:20世纪》(*Modern British Drama: The Twentieth Century*,2002年版)和巴兹·克肖(Baz Kershaw)的《剑桥英国戏剧史第三卷:1895年以来》(*The Cambridge History of British Theatre: History of British Theatre. V.3, Since 1895*,2004年版)。在涉及彼得·谢弗的内容中,这些戏剧史也只是对其剧作内容的分析,论述角度大致是剧作的艺术性、商业性、剧作特色等。

值得关注的是国外关于彼得·谢弗的学术论文,尤其是学位论文。目前为止，笔者所见全文以彼得·谢弗作为论述对象的博士论文仅有 2 篇 [1973 年韦恩·劳森（Wayne P. Lawson）的《戏剧性的猎取：对彼得·谢弗剧作的批评性评价》(The Dramatic Hunt: A Critical Evaluation of Peter Shaffer's Plays) 和 1987 年约翰·克莱尔·沃森（John Clair Watson）的《彼得·谢弗的仪式戏剧》(The Ritual Plays of Peter Shaffer)]，硕士论文 4 篇 [1984 年威廉·泰伯（William S. Tepper）的《为了看到人的灵魂：彼得·谢弗的五部主要剧作》(To See the Soul of a Man: the Five Major Plays of Peter Shaffer)、1989 年赖傅山（Fushan Lai）的《彼得·谢弗的社会失败的戏剧形象：对〈皇家太阳猎队〉、〈伊库斯〉与〈上帝的宠儿〉的研究》(Peter Shaffer's Dramatic Vision of the Failure of Society: a Study of The Royal Hunt of the Sun, Equus and Amadeus)、1989 年小菲利普·卡尔·瓦格纳（Jr Philip Carl Wagner）《理性与非理性的对抗：彼得·谢弗的神圣三部曲》(The rational vs. the arational: Peter Shaffer's "divine trilogy")、2006 年赛达（Seda Llter）的《〈皇家太阳猎队〉、〈约拿达〉、〈戈尔贡的礼物〉中作为间离效果的时间的运用》(The Use of Time as an Element of Alienation Effect in Peter Shaffer's The Royal Hunt of the Sun, Yonadab, and The Gift of the Gorgon)]，其他涉及彼得·谢弗的博士论文有 8 篇 [1978 年基恩·艾伦·普兰卡（Gene Alan

Plunka)的《让·热内、彼得·谢弗、爱德华·阿尔比剧作中的存在仪式》(*The Existential Ritual in the Plays of Jean Genet, Peter Shaffer and Edward Albee*)、1981年迪安尼·泰勒·威廉的(Dianne Taylor William)《导演阴影：谢弗的〈伊库斯〉、阿拉巴尔的〈建筑师与亚述皇帝〉、魏斯的〈马拉/萨德〉中的戏剧与心理剧》(*Directing Shadows: Drama and Psychodrama in Shaffer's "Equus," Arrabal's "L'architecte et L'empereur D'assyrie," and Weiss's "Marat/Sade"*)、1982年罗德尼·乔·西马德(Rodney Joe Simard)的《后现代英美戏剧理论》(*Postmodern Anglo-American Dramatic Theory*)、1986年帕特丽夏·玛格丽特·特罗克塞尔(Patricia Margaret Troxel)的《戏剧通奸行为：从易卜生到斯托帕德的现代戏剧研究》(*Theatre of Adultery: Studies in Modern Drama From Ibsen to Stoppard*)、1993年保罗(Paul Nagimse Rofeldt)的《现代戏剧中的缺席父亲》(*The Absent Father in Modern Drama*)、1994年诺曼·斯科德(Norman E. Schroder)的《回忆剧：第一人称聚焦戏剧的历史与叙事分析（田纳西·威廉斯、彼得·谢弗、布莱恩·弗赖恩、拉里·克雷默）》(*Memory Plays: Historical and Narrative Analysis of Mediacy in First-person Focalized Drama (Tennessee Williams, Peter Shaffer, Brian Friel, Larry Kramer)*)、1999年克雷默(Prapassaree Thaiwutipong Kramer)的《"封闭的主观世

界":现代英国戏剧中精神世界的戏剧式表达》("*The enclosed, subjective universe": Dramatizing the mind in modern British theater*)、2005年凯瑟琳·霍根(Katherine A. Hogan)的《与观众对话:20世纪戏剧的叙事人物》(*Talking to the Audience Narrative Characters in Twentieth-century Drama*),硕士论文2篇[1966年肯尼斯·詹姆斯·诺曼·朗(Kenneth James Norman Long)的《当代英国戏剧中历史题材的运用》(*The Use of Historical Material in Contemporary British Drama*)、2003年雅思民(Yasemin Uzunefe Yazgan)的《古希腊悲剧在三部现代戏剧〈伊库斯〉、〈桥上一瞥〉、〈进入黑夜的漫长旅程〉中的遗存》(*Vestiges of Greek Tragedy in Three Modern Plays—Equus, A View from the Bridge and Long Day's Journey into Night*)]。

通过考察这些学位论文写作的年代,笔者发现,对彼得·谢弗进行研究的学位论文从20世纪60年代即有出现直至21世纪,20世纪80年代是研究数量较多的时期,但整体而言,关于彼得·谢弗的研究论文数量非常少。结合笔者所搜集到的其他研究彼得·谢弗剧作的学术论文如丹尼斯·克雷恩(Dennis A. Klein)的《〈上帝的宠儿〉:彼得·谢弗戏剧三部曲的第三部》、马丁·比德尼(Martin Bidney)的《思考上帝与莫扎特:普希金与彼得·谢弗的萨列瑞》、伊图阿尔特(Maite de Ituarte)的《〈上帝的宠儿〉:彼得·谢弗与对上帝的寻求》、莱纳德·穆斯塔扎（Leonard Mustazza）的《嫉妒的上帝：谢弗的〈伊库斯〉中的仪式与审判》、内哈马（Nehama Aschkenasy）的《彼得·谢弗〈上帝的宠儿〉中的圣经互文》等，笔者以为，就这些论文的研究角度而言，主要体现为这样几个方面：社会性解读，强调社会对个人的戕害，它未能提供个人成长所需要的东西；历史传承性解读，指出彼得·谢弗剧作对历史题材的运用，说明他对古希腊神话、戏剧的继承与创新；形而上解读，指出其剧作对上帝、对信仰的探寻与追求；神学解读，指出其剧作与《圣经》内容的互文关系；仪式解读，重点分析其剧作中的各种仪式，并且通过与阿尔比等人剧作中的仪式的对比，指出仪式在他们剧作中不同的特点与作用；福柯方法解读，通过运用福柯经典理论分析谢弗的《伊库斯》，说明知识、权力以及"正常"之间的关系；间离效果分析，通过运用布莱希特的间离效果理论说明彼得·谢弗剧作中如何运用时间间离的方式；心理分析：运用荣格等的理论分析剧中人物的精神世界；叙事学解读，通过运用叙事学的方法来分析彼得·谢弗剧作中的叙事人物、叙事方法；运用勒内·吉拉尔的模仿欲望理论来分析彼得·谢弗剧作中人物的动机与原因；运用尼采关于古希腊悲剧中关于狄奥尼索斯与阿波罗因素的分析说明包含在彼得·谢弗剧作中的感性与理性成分等。

在研究彼得·谢弗剧作的论文中，有运用法国人类学家勒内·吉拉尔的"模仿欲望"理论解读其剧作的，2004年秋的《戏剧理论与批评》(*Journal of Dramatic Theory and Criticism*) 杂志刊登了爱得·布劳克（Ed Block）的《彼得·谢弗与勒内·吉拉尔的模仿理论》(*The Plays of Peter Shaffer and the Mimetic Theory of Rene Girard*) 一文，可说是运用勒内·吉拉尔的模仿理论分析彼得·谢弗剧作的典范之作。文章作者首先开宗明义的指出吉拉尔的批评理论非常适用于研究彼得·谢弗的剧作。然后作者结合彼得·谢弗的作品《五指练习曲》《皇家太阳猎队》《伊库斯》《上帝的宠儿》《戈尔贡的礼物》中的具体的摹仿、欲望的分析，指出：对欲望的摹仿引起竞争，竞争就会导致嫉妒，从而进一步导致暴力的出现，出现替罪羊的死亡。这个过程夹杂着谎言与背叛，而暴力却是推动事件进展的动力。这一情况不仅体现在彼得·谢弗的悲剧中，在其喜剧作品中也有体现。在具体的分析过程中，爱得·布劳克还重点关注了孪生子现象，指出孪生子之间尤其容易引起竞争，从而导致最后替罪羊的出现。在文章中，作者还重点分析了黑暗/光明以及相对应的恨/爱原型，以及黑暗/瞎、血等意象。最后，作者指出，虽然彼得·谢弗的剧作大多基于现实主义的前提，但这些剧作却能够很好地诠释吉拉尔的摹仿欲望理论，并且谢弗的剧作通过宗教性主题、仪式、面具等舞台手段让我们更加明确的意识到了这一点。从《皇家太阳猎队》开始，谢弗的剧作具有了更多的仪式感。或许这是受表演理论或者阿尔托的影响，这是今后谢弗研究中可以继续深入探讨的地方。学者们还可以探讨《皇家太阳猎队》中的后殖民性，《上帝的宠儿》和《戈尔贡的礼物》中的寓言故事，以及谢弗20世纪50年代以来的剧作中所体现出来的性别冲突。然而，只有吉拉尔的摹仿欲望理论才能提供给我们一个视角，帮助我们21世纪的谢弗的读者看到长久弥漫于其剧作中的欲望与暴力。谢弗不仅考察了人类的原始欲望，还探讨了暴力心理，以及非暴力与政治之间的复杂关系，最终，欲望推动着我们进行意义以及超越的形而上追求。

在迪内兹（Thaïs Flores Nogueira Diniz）的《替罪羊：作为仪式的戏剧或皇家神话猎队》一文中，作者分析了彼得·谢弗《皇家太阳猎队》一剧中所包含的替罪羊机制。在文章开始，作者首先简要介绍了彼得·谢弗此剧来源于威廉·黑克令（William Hickling）的历史书《征服秘鲁的历史》，虽然彼得·谢弗做了一些改动，但全剧依然充满了史诗性。接下来，作者通过回顾古罗马历史上"替罪羊"的来历以及替罪羊母题的四点内涵，说明替罪羊为族群牺牲，享有一定的特权，虽然注定死亡却受尊崇的悖论。在彼得·谢弗的《皇家太阳猎队》中，阿塔瓦尔帕就是一个典型的替罪羊。族群通过牺牲替罪羊得到精神净化，而观众通过观看戏剧不仅重建文化与意识形态倾向，还会形成新的集体无意识，从而使观众的精神也得到净化，达到阿尔托所希望的"残酷戏剧"的目标。在文章的最后，作者认为，神话、历史与文学具有一种使原型成为意识的作用，谢弗作为一个剧作家通过他的剧作向人们展示了一种原始的意象、原型的模式以及从内心世界向外部世界传递经验的天赋。在他的剧作中，神话作为一种原始的材料表达了他自己的经验，他的创造能力，使得替罪羊的神话形象得以成形。作为一个集体社会中的人，他的剧作又满足了他所生活的社会的人们的精神需要。

这两篇文章，都看到了彼得·谢弗剧中存在的欲望与暴力的问题，布劳克的文章可以说是比较详细的分析了这个问题，但其文章对彼得·谢弗的第一部和最后一部剧作《五指练习曲》《戈尔贡的礼物》分析得比较详细，其余作品只是粗略涉及，文章对彼得·谢弗运用勒内·吉拉尔理论的动力与背后的意义也只是一笔带过。后一篇文章重点关注的是替罪羊的问题，文章并没有涉及勒内·吉拉尔的理论，并且对剧作的分析也不够详细，只是下定一个结论认为阿塔瓦尔帕是一个替罪羊。

在《当代英国剧作家》一书中，安东尼·谢弗与彼得·谢弗皆榜上有名，相较而言，安东尼的介绍相对少了些，毕竟他知名的剧作没有哥哥彼得·谢弗多。在彼得·谢弗这一节里，编纂者简略地介绍了剧作家的生平，并且列出了他的主要著作包括剧本、小说，主要评论文章，以及关于他的书目索引。在对彼得·谢弗剧作的整体论述中，编写者卡罗尔·辛普森·斯坦恩（Carol Simpson Stern）从彼得·谢弗最早的一部剧作《五指练习曲》开始评论，认为他的剧作结构与叙事方式承接自桑顿·怀尔德、田纳西·威廉斯、罗伯特·巴尔特以及贝托尔特·布莱希特，并指出，其剧作中的叙事者使他的戏有一个广阔的深度。在彼得·谢弗接下来的几部剧作中，作者重点评述了《皇家太阳猎队》《伊库斯》《莫扎特之死》和《约拿达》几部剧作中的史诗性因素，尤其是叙事者的作用，以及他剧作中的音乐、从侦探小说中借鉴的情节与人物塑造方式。最后，作者认为，彼得·谢弗是一个善于传达思想的剧作家，他的几部剧作都探讨了人在一个死亡占主宰地位、宗教没有任何帮助的世界中探寻存在的意义的努力。针对有些批评家所认为的谢弗的几部剧作的成功都是归功于主角的精彩演绎而主题与情节孱弱的说法，作者认为，彼得·谢弗的剧作确实因为麦琪·史密斯等名演员的演绎而增色不少，但也是因为谢弗本人擅长创作令人惊奇的场景、让人印象深刻的音效、戏剧性的表演、有力的修辞性语言，所以我们才能深深地被他的剧作所吸引。同时，本书编写者单列出几部剧作进行解读，《伊库斯》作为经典的剧作被深入分析。作者吉娜卡瑞斯（C.J.Gianakaris）指出这部剧作中存在着双重结构，表面上是涉及艾伦·斯特兰的谜团，但随着艾伦问题的被揭开，狄萨特意识到他自己的进退两难的窘境，这是情节安排上的第二个故事。全剧以彼得·谢弗特有的解决方式结尾——在一个无序的社会中没有任何解决方法。《伊库斯》所探讨的是谢弗最喜欢的主题——人渴望找到一个可知的上帝,他的世界暗含着宇宙的秩序。全剧由三个相互关联的人物的生活组成——患病的男孩、治病的医生与神秘的马神。医生狄萨特既是剧中角色同时也是叙事者,具有双重功能。这种双重结构的设置使得全剧的时空转换更为方便。剧中狄萨特与艾伦又与阿波罗和狄奥尼索斯的形象相对应。就如彼得·谢弗的其他作品,《伊库斯》提供给戏剧爱好者刺激的主题和抓人的舞台形象。①

华语地区关于彼得·谢弗的研究论文中,台港澳地区的涉及彼得·谢弗剧作研究的硕士学位论文主要有七篇:1978年苏子中的《彼得·谢弗和山姆·薛波尔剧作中的第二个我:心理分析研究》、1982年吴亚茵《彼得·薛弗〈阿玛迪斯〉主导母题研究》、1987年蒋汉扬的《彼得·谢弗的〈恋马狂〉与〈阿玛迪斯〉其中两种文化的冲突和对峙》、1991年张倚凤《"鉴察掠夺者的命运!":彼德·谢弗〈皇家猎日〉之后殖民解读》、1992年张舒眉的《由精神分析观点论彼得·谢弗的〈皇家猎日〉、〈恋马狂〉与〈阿玛迪斯〉三剧中的二元性》、2007年澳门大学珍妮·奥利弗罗斯·劳(Jenny

---

① 参见 K.A.Berney(eds). *Contemporary British Dramatists*, ST. James Press, 1994.

Oliveros Lao）的《彼得·谢弗戏剧中的仪式与神圣因素：对〈皇家太阳猎队〉、〈伊库斯〉与〈戈尔贡的礼物〉的研究》；博士论文仅有2011年台湾成功大学杨姝钰的《彼得·谢弗〈皇家猎日〉、〈阿玛迪斯〉、〈恋马狂〉与〈高更的礼物〉中的神话与仪式》。通过考察这些学位论文，笔者发现这些学者的研究方法包括心理分析、精神分析、仪式与神话解读、后殖民主义解读、母题分析等，与欧美学者相比，他们更偏重于心理分析。

就大陆地区的研究者而言，目前还没有关于彼得·谢弗的专著问世，而在学位论文中，仅有一篇硕士论文是从精神分析方面解读彼得·谢弗的剧作（上海戏剧学院束娟2009年的《深不可测的少年心理——精神分析学在〈伊库斯〉中的体现》），而单篇的研究论文也很少，主要有邹霆的《早逝天才的悲剧——〈上帝的宠儿〉观后随想》（《戏剧报》1986年第4期）、荣广润教授发表于1986年第12期的《戏剧报》上的《难演而又难得的〈马〉》、汪义群发表于1988年第2期《戏剧艺术》的《社会与人性的选择传统与现代的融合——论英国当代剧作家彼得·谢弗和他的剧作》、《当代外国文学》2004年第4期发表的许诗焱的《间离与沉醉：论谢弗剧作〈伊库斯〉中的观众感受》、陈友峰发表于2005年《戏剧》的文章《"人"的解脱与奴役——彼得·谢弗〈伊库斯〉精神解析》、潘薇发表于《吉林艺术学院学报》2008年第4期的《理智与情感的对抗——英国剧作家彼得·谢弗的名剧〈马〉解析》、2008年第4期《山东艺术学院学报》发表了于利平的《彼得·谢弗舞台作品探析》、2010年4月发表于《佳木斯大学社会科学学报》第28卷第2期的马喜文、吕春媚的《彼得·谢弗〈伊库斯〉中的古希腊悲剧元素》、李铎《音乐与戏剧的完美结合——彼得·谢弗〈上帝的宠儿〉一剧中音乐的运用》发表于《解放军艺术学院学报》2011年第1期。从这些研究论文来看，国内对彼得·谢弗的研究早期主要体现为介绍、评论、演出观后感，后来出现对彼得·谢弗剧作的阿尔托感性因素与布莱希特式理性因素分析、精神解析、音乐分析等论述角度。

遗憾的是，国内学者撰写的戏剧史中，彼得·谢弗的名字基本没有被提及。比如桂扬清、郝振益、傅俊1994年出版的《英国戏剧史》中提及的1950年后的戏剧家有贝克特、奥斯本、品特、斯托帕德、辛普孙、奥顿、卢德金、阿登、邦德；王岚、陈红薇2007年出版的《当代英国戏剧史》中涉及的剧作家有约翰·奥斯本、威斯克、约翰·阿登、爱德华·邦德、霍华德·布伦顿、大卫·埃德加、大卫·海尔、哈罗德·品特、汤姆·斯托帕德、卡里尔·丘吉尔、萨拉·凯恩、马克·雷文希尔；虽然任生名的《西方现代悲剧论稿》中将彼得·谢弗列为20世纪32名西方戏剧"大家名家"中的一位，但从该书中找不到对彼得·谢弗进行论述的内容。

由此可见，华语地区的彼得·谢弗研究基本未能超出欧美学者对彼得·谢弗研究的范畴，只是在具体论述的深度、方法上有所区别，1991年张倚凤运用后殖民主义的方法分析彼得·谢弗的《皇家太阳猎队》可说是在方法上有所突破。

总体而言，无论国内还是国外，彼得·谢弗的剧作都不是研究的热点，论者的研究角度大多为某一方面。本书以彼得·谢弗作为研究对象，探讨研究的范围涉及他的全部剧作，包括其早期作品《五指练习曲》《私人之耳》《公共之眼》，使其声名鹊起的"三部曲"《皇家太阳猎队》《伊库斯》《上帝的宠儿》，闹剧《黑暗中的喜剧》，喜剧《循规蹈矩的骗子》《莱蒂斯与拉维纪草》，以及其收官之作《戈尔贡的礼物》。他的广播剧等并不在讨论之列。在具体的论述中，他戏剧创作的巅峰之作"三部曲"是论述的重点。就研究角度与方法而言，笔者拟从"总体戏剧"方面来探讨。总体戏剧并不是一种特定的戏剧创作方法，它是戏剧家对戏剧概念以及戏剧各要素重要性的不同理解而产生的戏剧理念。19世纪瓦格纳的整体艺术论滥觞，莱因哈特、阿尔托、巴罗等人提出总体戏剧的概念，反映出戏剧界重视剧场性、注重直观感受的一种倾向。但与阿尔托等人不同，彼得·谢弗在重视戏剧的舞台呈现效果的同时，也注重对戏剧文本的打磨与改造，其剧作结构体现出与传统剧本不同的特质。与此同时,其剧作也通过塑造戏剧人物身份认同的困境,揭示出当代社会上帝与信仰问题的坍塌,具有深厚的文化意蕴,从而呈现出多重意义上的总体性特征。虽然前文所述也有学者在分析彼得·谢弗剧作中的阿尔托残酷戏剧成分时提到阿尔托的总体戏剧以及彼得·谢弗对总体戏剧的追求,但真正全面总结彼得·谢弗总体戏剧的论述迄今笔者没有见到。作为当代英国戏剧史上一位举足轻重的剧作家,彼得·谢弗对舞台性的重视,对剧作内容与技巧的重视,对总体戏剧的追求值得我们深入探讨。

第一章
总体戏剧：由瓦格纳到彼得·谢弗

"总体戏剧"（total theatre）或者说"整体戏剧"的提出并非空穴来风，这一观念的提出有着复杂的历史原因，而对这一概念作出考察必须在西方戏剧历史尤其是理论史的发展背景中，由戏剧这一概念以及戏剧的本质要素谈起。

第一节 总体戏剧谱系考察

戏剧一直被认为是一种综合艺术，西方戏剧出现前，文学（诗）、音乐、舞蹈、绘画、雕塑、建筑这六种艺术样式已经出现，作为"第七艺术"的戏剧，融合了前六种艺术的因素，成为一种综合艺术。与此同时，戏剧也是一种由多种要素构成的复合艺术，构成戏剧的必不可少的要素有剧本、演员、观众、剧场等。"戏剧之所以常常被人们称作是综合艺术，这是因为它包含着演员和作者（或剧本），当然还包括从舞台美术、照明、音乐以及音响效果到观众、剧场等各种要素，它是一个以形体艺术为基础，同文学、音乐、绘画、雕刻、建筑这五大艺术样式所组成的统一整体。"①

长期以来，在西方传统戏剧的实践与理论中，戏剧中的文学性因素一直被看的最重，这由戏剧本身的特性所决定：演出是一次性的，剧本却可以长存，供人阅读与研究。因此西方戏剧中不但出现了只供文学阅读而不能上演的案头剧（如某些诗剧），即使是那些上演的剧作，剧本中的语言也以文学标准来衡量。正如19世纪

---

① ［日］河竹登志夫：《戏剧概论》，陈秋峰、杨国华译，中国戏剧出版社1983年版，第9页。

时的黑格尔所认为的:"真正的戏剧表演的艺术,只涉及朗诵台词以及面貌表情和动作的方面,诗的语言始终显得起着决定作用的统治力量。"① 许多人宁愿阅读剧本也不爱看戏剧演出,这一现象直到 20 世纪时依然存在。俄国唯美主义批评家尤·伊·艾亨瓦尔德在 1911 年发表《否定剧场》一书,认为只有把剧本放在书桌上,灯下单独一人阅读,远避五光十色的喧嚣的剧场,作者与读者的"两个灵魂才能在静穆、隐秘之中达到理想的融合",他甚至坚持说:"剧场是艺术的一种虚妄而不正当的样式,一般说来,它并不属于高雅艺术的大家庭。"② 我国著名的美学家朱光潜也认为,"独自阅读剧本优于看舞台演出的剧,许多悲剧的伟大杰作读起来比表演出来更好"。③

戏剧一直被认为是文学的一种,对它的研究也只囿于戏剧诗——戏剧文学的层面。回顾西方两千多年的戏剧理论史,这一倾向从亚里士多德的《诗学》时代就开始了。亚里士多德在这部西方戏剧理论的开山之作中对戏剧下了一个定义,"悲剧是对于一个严肃、完整、有一定长度的行动的摹仿;它的媒介是语言,具有各种悦

---

① [德]黑格尔:《美学》第三卷(下),商务印书馆 1981 年版,第 270 页。
② 转引自董健:《戏剧性简论》,出自南京大学戏剧影视研究所编,《南大戏剧论丛(贰)》,中华书局 2006 年版,第 17 页。
③ 朱光潜:《悲剧心理学》,人民文学出版社 1983 年版,第 31 页。

耳之音，分别在剧的各部分使用；摹仿方式是借人物的动作来表达，而不是采用叙述法；借引起怜悯与恐惧来使这种情感得到陶冶。"① 他认为悲剧包含六个成分：情节、"性格"、"思想"、言辞、歌曲与"形象"，并将这六个成分按照他认为的重要程度排了一下座次："六个成分里，最重要的是情节，即事件的安排"②，此外，"性格"占第二位；"思想"占第三位；语言的表达占第四位；歌曲占第五位；"形象"排在最后。在这六种成分里，前三者都属于戏剧文学的范畴，语言的表达属于戏剧表演的范畴，歌曲属于音乐的范畴，形象可归于造型艺术的范畴，但这三者都被排在了后面，尤其是形象，"'形象'固然能吸引人，却最缺乏艺术性，跟诗的艺术关系最浅；因为悲剧艺术的效力即使不依靠比赛或演员，也能产生；况且形象的装扮多依靠服装面具制造者的艺术，而不大依靠诗人的艺术。"③ 亚里士多德以古希腊戏剧剧本为范本讨论戏剧，他将自己的戏剧理论著作称作诗学，可见他是在文学范围内，将悲剧作为诗的一种进行研究，以戏剧剧本为基础讨论戏剧问题，这预示着后世戏剧观念中以戏剧文学为上的倾向。尽管亚里士多德的悲剧概念也涉及剧场的"言辞"、"形象"等方

---

① ［古希腊］亚里士多德：《诗学》，罗念生译，人民文学出版社1962年版，第19页。
② 同上书，第21页。
③ 同上书，第24页。

面,但它们都被排在了后面。"亚里士多德已经认识到戏剧活动中包括诗的艺术(剧本文学),言词(表)与形象(演与舞台设计),戏剧是综合艺术,然而其他艺术因素都建立在文学因素之上。"① 亚里士多德对戏剧的定义以及戏剧诸要素的分析,暗含着对戏剧文学性的看重,而表演、剧场等因素的地位皆排在文学因素的后面,这可谓西方戏剧史上"剧本中心论"的滥觞。不管亚里士多德对戏剧文学性的看重这一点是否正确,但它在此后的两千年间深入人心。

由于对戏剧文学性的重视,对于西方戏剧来说,构成戏剧的其他要素也都是以文学性为基础的。从表演方面来看,演员必须以剧本为圭臬,所有的表演方式都是按照剧本中写就的方式,不能有即兴发挥的成分,狄德罗曾对著名的法国女演员克莱荣的表演艺术进行过如下的评价:"毫无疑问,她自己事先已塑造出一个范本,一开始表演,她就设法遵循这个范本。毫无疑问,她在塑造这个范本的时候要求它尽可能的崇高、伟大、完美。但是这个范本是她从戏剧脚本中取来的,或是她凭想象把它作为一个伟大的形象创造出来的,并不代表她本人。……这时万事俱备,她就坚决地守定那个理想不

---

① 周宁:《剧本与剧场:戏剧及其研究的观念与方法》,《文艺研究》1993 年第 4 期。

放，只需要一套练习和记忆的功夫就行。"[①] 因此，演员的表演方式只是单纯的摹仿。就戏剧演出的其他要素而言，由于西方戏剧中对剧本的重视，戏剧上演时演员也不重视与观众的交流，西方戏剧舞台以意大利镜框式居多，第四堵墙的存在使得演员表演出当众的孤独。由于技术条件的限制，戏剧表演只能依靠自然条件，灯光、舞美等只能因陋就简。可见，表演、观众、舞台等因素都是作为戏剧文学的仆人而存在的。

西方自文艺复兴之后，戏剧中的各艺术要素逐渐分流，古希腊戏剧中的歌队被分离出去。此后西方戏剧发展出以人物的语言为主要形式，主要靠演员的台词和动作来表演的话剧，以及以舞蹈、音乐为主要表现要素的舞剧与歌剧，这成为西方戏剧的三种主要形式。随着时间的推进，西方世界进入近代与现代时期，科技飞速发展，欧洲剧场上作为辅助要素的舞台装置、布景、灯光照明、音响效果等也明显的发达起来，专业化的分工愈加精细，它们在戏剧演出中占据越来越重要的地位，不甘再做戏剧文学的附庸，将这些要素重视起来，使得戏剧演出成为一个整体的呼声与做法越来越多。

19世纪德国著名的音乐家瓦格纳认为，西方传统话剧与当时的歌剧都存在着一系列的问题，必须进行革

---

① [法]狄德罗:《狄德罗美学论文选》，人民文学出版社1984年版，第282页。

新。他对当时的戏剧尤其是歌剧提出了批评,有感于当时的音乐家经常将歌剧创作的手段"音乐"当作了唯一的目的,而真正的目的"戏剧"却因为缺乏音乐的手段而受到忽视的情况,瓦格纳创作了一些将诗歌、音乐、舞蹈三者有机结合起来的戏剧样式,这种样式通常被称作"乐剧"。1850年,瓦格纳的综合艺术论发表①,他期待着一种新的"未来的戏剧",这种"未来的戏剧"是一种合成的艺术作品,它将融合一切戏剧成分,他断言未来的舞台艺术样式必将如此。在瓦格纳看来,人是肉体的人、情感的人与理智的人的综合体,真正的艺术应该将这三者统一起来。肉体的人是用眼睛看、用耳朵听、用身体感受的,诉诸于人的视觉、听觉等各种感觉,由情感的人把这些感觉引向理智的人,于是产生了理智的艺术。所有这些综合起来,就产生了瓦格纳所谓的"综合艺术""整体艺术",或者说"总体艺术"。由整体的人产生整体的艺术,这是瓦格纳的思想逻辑。只有整体的人才能够不受各种限制,获得自由。相应地,各种艺术也可以结合起来,从而成为自由的艺术。"只有适应人的这种全能的艺术才够得上是自由的,它不是某一个艺术品种,那不过是从某一种个别的人类才智发生的。舞蹈艺术、声音艺术和诗歌艺术是各个分离、各

---

① 据[日]河竹登志夫:《世界戏剧史年表》,叶长海译,出自[日]河竹登志夫:《戏剧概论》,中国戏剧出版社1983年版,第263页。

有局限的；只要在其界限点上不向别的相适应的艺术品种抱着无条件承认的爱伸出手来，它们在它们局限的接触上就每一种都会感到不自由。只要一握手它就可以越过它的局限；完全的拥抱，向姊妹的完全的转化，这就是说向在树立的局限的对岸的它自己的完全转化，同样可使局限完全归于消失；如果一切局限都依照这样一种方式归于消失，那么不论是各个艺术品种，也不论是些什么局限，都统统不再存在，而是只有艺术，共有的、不受限制的艺术本身。"① 这种"整体艺术"是对各艺术门类的综合，是为"整体的人"而创造的艺术。

德国著名的哲学家海德格尔对"整体艺术"有着较高的评价，他说："关于艺术的历史地位，这种致力'总体艺术作品'的努力始终是本质性的。这个名称就有所指示。它首先是指：各种艺术不再应当相互分离地实现了，而是要在一个作品中联合在一起。但是，超出这种更多在数量上的统一，艺术作品还应当成为民众的一个节庆，即：'这种'宗教。"②

有别于西方传统戏剧中只看重戏剧文学性的倾向，瓦格纳的整体艺术说将文学、音乐、舞蹈三种要素结合起来，真正将戏剧看作一种综合艺术，从而在戏剧

---

① ［德］瓦格纳：《瓦格纳论音乐》，廖叔辅编译，上海音乐出版社2002年版，第62页。
② ［德］马丁·海德格尔：《尼采·上卷》，孙周兴译，商务印书馆2003年版，第93页。

文本的基础上,将剧场性要素提了出来,为后世"总体戏剧"中剧场性的凸显开导了理论的先河。当然,瓦格纳的总体艺术所要求的是在戏剧文本基础上的"乐剧",这与阿尔托等人将文本放逐的"总体戏剧"观有所区别,此乃后话。他认为,戏剧的文学成分是必不可少的,而音乐剧的效果既借助于表演,也取决于作曲,这呼唤将各部分综合成杰出的艺术作品,以形成一个统一的演出效果。在瓦格纳的综合戏剧中,剧作家已经具有导演的某种功能,他将包括文学因素在内的音乐、舞蹈统一在整个戏剧演出中。

瓦格纳开"整体艺术"理论之先河,他的理论前无古人却并非后无来者。戏剧家亨利·科恩 1923 年曾充满激情地宣称:"整体剧场是人类的圣坛,在这里人们将各种艺术因素集合起来,完成聚会、婚礼等神圣的仪式。有人会问,综合各种艺术创造一种超艺术是否可能呢?我说,只要是真正达到综合协调,超艺术的戏剧的创造就是完全可能的。"①

瓦格纳的整体艺术不但在西方戏剧理论史上具有重要意义,同时,瓦格纳也以自己的戏剧实践("乐剧")印证着其戏剧理论,并对后世影响深远。"19 世纪下半叶,整个欧洲乃至美国的文化界,无不受到瓦格纳超人

---

① *"The Art of the Theatre"*. trans, Adele MFiske, New York: Hill and Wang, 1961, pp.3-4;转引自周宁《剧本与剧场:戏剧及其研究的观念与方法》,《文艺研究》1993 年第 4 期。

创造力的巨大冲击。从19世纪末到20世纪初，不论是戏剧界还是音乐界，许多最优秀的作品无不打上鲜明的瓦格纳印记。可以说，是瓦格纳为艺术的新世纪的到来，打开了革新之路。本世纪上半叶，有许许多多的杰出的思想家、文学家和艺术家，甚至包括一些其他领域的著名人物，都不讳言自己乃忠实的瓦格纳信徒。"① 在此后的戏剧史上，越来越多的戏剧家开始回应瓦格纳的"整体艺术"说。

莱因哈特提倡把所有的艺术纳入服务于戏剧的轨道中，正如赫尔曼·巴哈尔（Hermann Bahr）所说，他使得戏剧再一次成为所有艺术的共同的财富，而戏剧在很长一段时间里仅仅是语言艺术的专有领域。从这个意义上来说，他是理查德·瓦格纳的追随者，因为他的每部作品都是总体艺术。这也解释了他对于德国舞台的不同寻常的重要性。他反对语言的暴政，并且成功了。戏剧不再是上等人的智力享受；它呼吁所有的感官能力，因为这唤起人用内在的所有能量去行动。② 他广泛借鉴了古希腊戏剧和东方戏剧，将台词变成戏剧动作，大胆实践当时还有争议的阿庇亚的灯光布景设计，在观演关系上也重视观众的作用，使戏剧成为人的精神仪式。

---

① 刘雪枫：《中译本前言》，出自《瓦格纳戏剧全集》，中国文联出版公司1997年版，第1页。
② 参见 Hermann Bahr. The Spiritual Sources of Reinhardt. //Oliver M Sayler (eds). *Max Reinhardt and His Theatre*. New York London: Benjamin Blom, 1968, p.43.

著名戏剧家阿尔托在他的《残酷戏剧——戏剧及其重影》一书中提出了总体戏剧的理念。他在看过印尼巴厘岛的仪式剧之后，认为从东方戏剧中找到了"空间的诗意"（a poetry in space），这种"空间的诗意"融合了舞台上音乐、舞蹈、造型、哑剧、仿真、动作、声调、建筑、灯光及布景等要表达的众多手段，将这些表达方式融合起来，便恢复了戏剧的形而上与宗教色彩。"事实上，我们想使之复苏的是一种总体戏剧，在这种观念中，戏剧将把从来属于它的东西从电影、杂耍歌舞、杂技甚至生活中夺回来。我们认为，分析性戏剧与造型世界两者的隔离是十分愚蠢的。躯体和精神，感官与智力是无法分开的，何况在戏剧这个范畴，器官在不断地疲乏，必须用猛烈的震撼才能使我们的理解力复苏。"[1]然而，在阿尔托的总体戏剧中，戏剧剧本的作用已经可有可无，"戏剧应以能在舞台上出现的东西为范畴，独立于剧本之外。"[2]他一直在寻找一种剧场可以独立说话，排除剧本的戏剧形式。

法国著名演员、导演巴罗（Jean-Louis Barrault）与阿尔托1932年相遇，并被后者引为知己。巴罗对咒语般语言的运用、不寻常的观演关系、面具、象征手势以及许多阿尔托提出但未付诸实践的动作有着纯熟的运

---

[1] ［法］安托南·阿尔托：《残酷戏剧——戏剧及其重影》，桂裕芳译，中国戏剧出版社1993年版，第82页。

[2] 同上书，第60页。

用。虽然阿尔托意识到了他与巴罗某些观点的不一样，但他确实宣称巴罗是当代唯一理解他残酷戏剧的基本观点的戏剧家，这尤其以巴罗的《正如我即将死去》(*As I Lay Dying*)为代表。①巴罗在他的《戏剧思考》一书中，对总体戏剧进行了讨论。他认为，总体戏剧意味着一个人运用其所有的表达方式将生活传播于舞台上，并且用所有可用的音乐等各种表达方式（歌曲、抒情的朗读、散文的朗读、喊叫、姿势的艺术、象征的姿势、抒情姿势和舞蹈）。②

曾经留学德国的法国导演巴蒂是著名导演、老鸽巢剧院创始人雅克·科波的弟子，他提倡"整体戏剧"，同时认为导演在戏剧艺术中应当占据至高无上的地位。剧作家、演员、灯光师、布景师等概莫能外地臣服于其权威之下。③

从以上各位对整体艺术作出呼应的戏剧家的实践可以看出，当戏剧从对文学要素的倚重这一单一的形态中解放出来之后，戏剧的表现手法也增多了。回顾历史，亚里士多德《诗学》中对悲剧的那个著名定义奠定了西

---

① 参见 Leiter Samuel L. *From Stanislavsky to Barrault: representative Directors of the European Stage*. Greenwood Press, 1991, p.186.

② Jean-Louis Barrault. Barbarawall translated. *Reflections on the theatre*. London: Rockliff, 1951, p.84.

③ 参见陈世雄：《导演者——从梅宁根到巴尔巴》，厦门大学出版社2006年版，第18页。

方摹仿论的基础。以此为基础，传统戏剧的表现手法相对单一，以致写实主义流行甚至发展到极致成为自然主义。基于此，传统戏剧的表演手法主要是表情与漂亮的台词功夫。现代主义戏剧之后，传统戏剧的表现手法根本无法适应新的情况，许多潜意识内容在舞台上光靠单纯的台词与动作基本无法表达出来。在这种背景下，呼唤新的戏剧语言成为诸多戏剧家的自觉要求。"直喻"、内心外化等成为重要的表达手法。于是，舞台上的表达方式多了起来。借助灯光、停顿等各种辅助手段，戏剧可以很轻松地表现出人物的内心世界。似乎在戏剧文学要素越来越不重要的当代，戏剧要素可以缩减到最少。戏剧演出也越来越倚重于演员的形体表演。如在格洛托夫斯基看来，戏剧中最重要的因素就是演员和观众，除此之外的其他戏剧要素都不重要。在演员的表演训练方法上，格洛托夫斯基融合各家所长：杜兰的节奏练习，戴尔萨特的外向性反应和内向性反应的研究，斯坦尼斯拉夫斯基的"形体动作"的成就，梅耶荷德的生物动力学训练，瓦赫坦戈夫的综合训练法，还有东方相机的技巧训练如中国的京剧、印度的卡塔卡利以及日本的能剧。[1] 虽然他认为自己并不是想要将这些技巧的混合体

---

[1] 参见［波兰］耶日·格洛托夫斯基：《迈向质朴戏剧》，［意大利］尤金尼奥·巴尔巴编，魏时译，中国戏剧出版社1984年版，第6页。

教给演员,"不是各种技巧的综合,而是障碍的根除"①,然而,正是借助于这些"综合训练"(运用形体训练、造型训练和发音训练等方法,从而引导演员的技术趋向于一种高度的精湛),演员们才能达到格洛托夫斯基所要求的"发挥出本身的全部才能",格洛托夫斯基的方法是"由否定而达到肯定的方法",正如尤金尼奥·巴尔巴所言,"一种戏剧可以向其他的戏剧经验开放,并不是为了混合不同的演出方法,而是为了发现共同的基本原则,并通过各自的经验传达这些原则。因此,向多样性开放并不意味着必定会堕入驳杂和语言的混乱。一方面,它避免了无生机的故步自封;另一方面,它也避免了那种不惜代价的开放,开放到支离破碎的程度。"②

与戏剧实践相对应,戏剧理论的研究范围与研究重心也有所变化。由亚里士多德的《诗学》奠定的戏剧研究范型使得长久以来的戏剧研究一直重视对戏剧文学要素的探讨,虽然"舞台""剧院"等词语在西方戏剧理论中也有出现,但并未受到重视。18世纪,法国的狄德罗、德国的莱辛开始系统研究表演艺术,戏剧研究范围扩展至演员的场上表演。19世纪,"剧场"作为一个概念进入戏剧研究中,德国的奥·威·史雷格尔,法

---

① 参见[波兰]耶日·格洛托夫斯基:《迈向质朴戏剧》,[意大利]尤金尼奥·巴尔巴编,魏时译,中国戏剧出版社1984年版,第7页。
② [意大利]尤金尼奥·巴尔巴:《戏剧人类学》,《戏剧艺术》2005年第2期,第58页。

国的斯太尔夫人，英国的萧伯纳、爱德华·戈登·克雷，俄罗斯的梅耶荷德、华坦戈夫，美国的乔治·贝克等都从不同角度对戏剧艺术的剧场性进行探讨。由此，戏剧表演、戏剧观众、戏剧导演、戏剧剧场等因素以及它们之间的关系问题日益受到戏剧研究者的偏爱与重视。

从西方戏剧实践与理论的发展过程，尤其是瓦格纳整体艺术论发表之后的历史来看，西方戏剧的实践与研究重心发生偏移，由戏剧文学性因素至上发展至剧场性因素为重，即由"剧本中心论"走向"剧场中心论"。从瓦格纳与阿尔托等人的实践与理论来看，瓦格纳认为戏剧是个整体艺术，任何因素都不应该独立出来。他认识到了"剧本中心论"的片面，开始重视剧场因素，但他没有舍弃戏剧中的文学因素，诗是其综合戏剧中非常重要的一个组成部分。在此之后，当瓦格纳的整体艺术观发展至阿尔托等人的总体戏剧观之后，戏剧走向剧本反叛的道路并且越走越远，他们认为戏剧是在导演的统率下演出于舞台的艺术作品，剧本因素是可有可无的。尤其是荒诞派戏剧、后现代主义戏剧之后，反剧本、反戏剧的观念不一而足，构成戏剧的要素也可以只是演员与观众。作为综合艺术的戏剧概念被重新定义。

从综合性的角度考量，阿尔托的总体戏剧不能算作名副其实的总体戏剧了，只有将文学性要素与剧场性要素等完美的融合起来，同时将各种有益于戏剧的元素都统一于戏剧整体中，这才是真正意义上的总体戏剧。

其实，整体艺术的提出暗含着这样一种含义：既然戏剧是一个整体，那么构成它的任何成分必然也只能作为整体的一部分而不能独立出来存在，戏剧的文学要素、剧场要素皆应如此，阿尔托等人的总体戏剧观从这方面来说并不是一种整体意义上的戏剧观，只能被认为是总体剧场观。由此可以看出，作为一种戏剧观念，综合戏剧、总体戏剧暗含着这样一种危险，即综合到戏剧中的各要素是否能完美地融合为一个整体，它们之间有没有等级的区分，这些要素有没有脱离整体独立出来。对于戏剧中各艺术要素的均衡性问题，19世纪以前的戏剧以文学性为中心，重视剧本的作用，甚而有"剧本，一剧之本"的说法。但随着剧场艺术的发展，西方戏剧渐渐滑向剧场中心论，文学因素在戏剧中的地位越来越低，剧场、表演、导演在戏剧中越来越重要。当阿尔托等人提出总体戏剧的观念时，他们将剧场因素提升至最高，戏剧文学要素在他们的戏剧中成为可有可无的部分。

综合戏剧的观念被提出后曾遭到过批评，梅耶荷德认为，"戏剧总是表现出艺术家们在观众面前集体表演的不一致性。在集体创作中，作者、导演、演员、布景师、音乐师、道具管理员从未在思想上融合起来。因此我也不觉得瓦格纳的艺术综合是可行的。无论是风景画家，还是音乐师，都应当独立出来……"① 他不但不认可这种综合性艺术存在的可行性，还要鼓动各艺术门类的独立。格洛托夫斯基称当代的综合戏剧为"富裕的戏剧"，"富裕戏剧依赖的是艺术盗窃癖，它吸收其他各种学科构成各种杂乱的戏剧场面，混成一团，没有主体，或者说缺乏完整性，但它仍然当作一个有机的艺术品来演出。由于吸收成分的成倍增加，富裕戏剧就得力求避免碰上电影和电视所设置的死胡同。因为电影和电视在机械作用（蒙太奇及地点的瞬息变换等）方面胜过戏剧；富裕戏剧为抵制这种喧嚣的补偿要求，而求助于'总体戏剧'。结合借用机械设备（例如：在前台安装电影银幕）来说明是一种尖端的技术设计，使之具有极大的机动性和推动力。如果舞台连同观众席都是机动的，不断地换景就会是可能的了。这完全是无意义的。"② 前者从戏剧学角度来看是无法做到的，如果将戏剧中的各个因素都抽取出去，戏剧如何存在？梅耶荷德自己的实践也说明了此种言论的不可取。后者指出了我们前面所提到的戏剧中诸要素的均衡性问题，如果只是将各种元素胡乱拼凑在一起，不形成一个戏剧整体，过度依赖技

---

① 见［苏］梅耶荷德：《文章、书信、演讲、谈话》第一卷，俄文版，第128页，转引自陈世雄：《"伟大的综合融汇"——试论田汉的戏剧理想》，《戏剧艺术》1999年第1期，第40页。
② ［波兰］耶日·格洛托夫斯基：《迈向质朴戏剧》，［意大利］尤金尼奥·巴尔巴编，魏时译，中国戏剧出版社1984年版，第10页。

术的话，这种做法也是不合适的。格洛托夫斯基说这番话的含义在于，戏剧与影视相比，其优势在于假定性的存在，就再现生活的真实程度来说，戏剧永远也比不上以技术的高度发展为基础的电影电视艺术，如果过于重视戏剧演出的技术性因素而影响了戏剧内容的表达是得不偿失的。因此，只有充分发挥戏剧的假定性功能，戏剧这门艺术的魅力才能充分的展现出来。

因为"人的每一种个别的能力都是一种受到限制的能力；可是他那联合起来的、彼此了解的、彼此互助的，也就是他那彼此相爱的各种能力却是那知足的、不受限制的、一般人性的能力。因此人的每一种艺术性的能力也有它的天然限制，因为人不是只有一种感官而是根本就有多种感官，而一种能力又只能由一种特定的感官导引出来，由于这种一种感官的局限，这一种能力也因此有它的局限。而各种个别感官的界限，也就是它们互相之间的接触点在各点之间互相交流的时候，各点也可以彼此了解。正因为有这样的接触，各点从它导引出来的能力也就能同样彼此了解：它们的局限因此转化为了解；可是能够彼此真正了解的，只有相爱者才行。所谓爱就是：承认别人同时也要认识自己；通过爱的认识是自由，人的各种能力的自由则是——全能。"[①]

[①] ［德］瓦格纳：《瓦格纳论音乐》，廖叔辅编译，上海音乐出版社2002年版，第61—62页。

因此，从瓦格纳提出整体艺术的概念，到阿尔托等人的总体戏剧观，我们看出西方戏剧发展中对剧场性要素的重视。当瓦格纳提出戏剧综合论之后，西方戏剧由对戏剧文学性的倚重开始对剧场等因素的重视，阿尔托等人的总体戏剧提出，剧场性要素被推崇至最高地位。那么，这两种要素究竟孰轻孰重？他们在戏剧中的地位是非此即彼的吗？作为剧作家的彼得·谢弗提出总体戏剧观念的时候，他与瓦格纳、阿尔托等人对这些问题有着不同的理解。

"总体戏剧"的提出，代表着20世纪以来戏剧发展的一个方向。作为有着两千多年发展历史的戏剧，在面对电影、电视等一系列新兴媒体的挑战时，究竟该何去何从，这是摆在每一个戏剧家面前的问题。特别是20世纪后半叶以来，面对着动漫艺术、网络艺术等诸多艺术形式的挑战，戏剧是否还能存在，戏剧该如何存在的问题，值得所有人深思。面对此种戏剧生态环境，概括而言，戏剧家们想出了两种截然相反的解决方案。一类方案以波兰戏剧家、导演格洛托夫斯基为代表，他认为戏剧在布景的逼真等方面确实不如电影、电视等艺术，但后者与戏剧相比有一点是戏剧所能给予而其他艺术形式无法提供的，那就是活生生的人与人之间的交流。格洛托夫斯基的质朴戏剧所倡导的，是把戏剧中最重要、最必不可少的因素留下来，而其他要素都是可以去掉的；最必不可少的要素就是演员与观众。因为后现代主义语境下的戏剧,没有服装和布景是可以存在的,没有音乐也是可以存在的,没有剧本也可以存在,但是,如果没有演员的表演与观众的存在,那就不能称之为戏剧了。英国导演彼得·布鲁克非常推崇格洛托夫斯基的观点,他在为英文版《迈向质朴戏剧》所作的"序"中,认为格洛托夫斯基"是个超群绝伦的人物",[1]在他的《空的空间》开篇,就是那句我们耳熟能详的话:"我可以选取任何一个空间,称它为空荡荡的舞台,任何人在别人的注视下走过这个舞台,那就足以构成一幕戏了。"[2]在他看来,只要有一个人的表演加上一个观众的存在,戏剧就可以成立了。他们的理论代表着20世纪西方戏剧流派中为戏剧做"减法"的一派,既然戏剧在其他方面无法超越影视等艺术门类,索性我们不如发挥戏剧的特长,在演员与观众这两个最重要的因素上下功夫,使得影视等艺术在这一点上与戏剧无法相比,戏剧因此才能在艺术竞争中取得优势。与之相比,还有一些戏剧家为戏剧做"加法",他们认为,戏剧作为一个综合艺术,应该发挥其"综合性"的特长,将包含于其中的诗歌、音乐、舞蹈等要素更有机地融合在一起,同时,戏剧还可以广泛吸取其他艺术门类的方法,从而丰

---

[1] [波]耶日·格洛托夫斯基:《迈向质朴戏剧》,[意大利]尤金尼奥·巴尔巴编,魏时译,中国戏剧出版社1984年版,第10页。
[2] [英]彼得·布鲁克:《空的空间》,邢历译,中国戏剧出版社1998年版,第1页。

富创作手段，吸引更多的观众。这种想法由德国作曲家瓦格纳滥觞、法国戏剧家阿尔托、巴罗等都提出过类似观点，彼得·谢弗、高行健等剧作家也以此为创作目标。彼得·谢弗的戏剧创作方法虽然听上去与提倡为戏剧做减法的格洛托夫斯基截然不同，但他们殊途同归，都为戏剧的未来谋划出路。为戏剧做"加法"与"减法"从表面上来看似乎是两种截然想法的路线，但其实这两种方法也可以相互融合。

第二节　彼得·谢弗的总体戏剧观

彼得·谢弗是一位以"总体戏剧"为目标的剧作家，他曾在《皇家太阳猎队》上演一年后发表的剧本阐述中说明了他写这部戏的目的，这也说明了他写总体戏剧的目的："我为什么写皇家猎队？为了生动多彩？是的。为了舞台景观？是的。为了玩魔术？是的。——如果这个词还没有降低我所希望的、无法表达"总体"戏剧之外的兴奋。"总体"这个字眼在我的脑海中盘旋数年了，不仅仅是这个词，还有丛林呐喊与鸟叫声，勋章与面具，还有前哥伦布时代世界的奇异景象……我非常想创造，无论是用质朴的方法还是丰富的方法……一种完完全全的仅仅是戏剧的经历。①

彼得·谢弗曾在《皇家太阳猎队》的作者附注里面写道，戏剧是导演的事、哑剧演员的事、作曲家的事、舞美设计的事、当然还是演员的事、剧作家的事。② 他的剧作不是文学性至上的书斋型剧作，而是有着强烈的剧场性，正因如此，他的戏剧才会具有极强的观赏性，舞台表现更丰富，具有更直观的艺术表现力，从而吸引大量的观众，取得巨大的商业成功。他的剧作，往往融合了音乐、面具、哑剧、仪典、魔术等各种要素，甚至借鉴了许多影视剧的技巧。除此而外，彼得·谢弗的戏剧真正做到了雅俗共赏，正如克里斯托弗·因斯在他的《当代英国戏剧：20世纪》中这样总结道，"在诗意的先锋艺术通常被认为是独特的和精英的——如叶芝那样牺牲舞台性，或如艾略特那样牺牲先锋性与诗意以求受到大众的欢迎——谢弗的剧作成为将先锋与主流舞台完美融合的总体戏剧。他的主要剧作《皇家太阳猎队》《伊库斯》和《上帝的宠儿》，已经吸引了世界各地比其他严肃剧作家多得多的观众数量，并且成为成功的商业电影——同时，国家剧院出品的戏剧演出也获得

---

① Dennis A.Klein. *Peter Shaffer: Revised Edition*. Twayne Publishers: New York, 1993, p.69.
② John Russell Taylor. *Peter Shaffer*. Longman Group Ltd, 1974, pp.17−18.

了赞许，并且获得了百老汇的奖项。"① 除此之外，卡罗尔·辛普森·斯特恩（Carol Simpson Stern）在《当代英国戏剧》中也谈到，谢弗善于创作将惊奇、景观、丰富的音响、戏剧动作、强有力的言辞结合起来的杰作。② 威廉·哈汀斯（William Hutchings）在《1960年以来的英国与爱尔兰戏剧》中也指出，彼得·谢弗发明了一种独特、优雅然而又是让人易懂的却又无法效仿的"总体戏剧"——综合了引人注目的视觉效果、古典音乐、舞台仪式，同时又有能够吸引普通观众的刺激、独特辩证的"戏剧思想"。这就是他最重要的戏剧——文学成就。③ 不仅如此，彼得·谢弗也非常重视舞台性，他将剧作的存在主题与色彩、化妆、仪典、景观、舞蹈动作、听觉创作融合在一起。戏剧的外部因素成为"剧本"的核心部分，而这需要复杂的形体表演来完成。传统意义上的戏剧语言与特点，让位于"舞台性"成为第二要素。④ 因为对彼得·谢弗而言，"视觉形象如对话一般是戏剧的一部分，我觉得我的脑子里充满了各种各

---

① Christopher Innes. *Modern British Drama: The Twentieth Century*. Cambridge: Cambridge University Press, 2002, p.493.
② 参看 K.A.Berney (eds). *Contemporary British Drama*. London Detroit Washington D C: St James Press, 1994, p.641.
③ 参看 James Acheson (eds). *British and Irish Drama Since 1960*. Hampshire and London: The Macmillan Press Ltd, 1993, p.45.
④ 参看 Christopher Innes. *Modern British Drama: The Twentieth Century*. Cambridge: Cambridge University Press, 2002, pp.493, 483.

样的形象。"①

追求"总体戏剧"的彼得·谢弗不排斥"质朴戏剧"的做法，他在《伊库斯》一剧的"场景"中详细描写了他对这部剧作舞台美术的设计构思。整个舞台由一座圆形木台上安放着一座方形木台构成，方形木台像是个有栏杆的拳击台，在这个木台上放着三张普通的凳子，在圆形木台以外的地方也放着一些凳子，舞台前部的左右两侧各放一条凳子。这些凳子具有多种功能：当狄萨特不在方形木台上的时候，左面的长凳是他聆听和观察病人情况的地点，有时也被当作艾伦的病床；右边的一条是为艾伦的父母准备的；还有一些长凳放在舞台后部以备演员们使用。

在《马》的剧本正文前，谢弗对它的舞美设计、合唱、效果、灯光、道具，特别是马的形象都提出了具体详尽的要求。根据剧本特定的结构形式，他要求演员从头至尾不下场，有戏时走进舞台正中搭出的拳击比赛场形的演区表演，没戏时回到演区四周围成环形的长凳上坐下。剧中六匹马分别由六个演员装扮，他们脚蹬马蹄形的厚底鞋，穿着栗色衣服，手戴棕色手套，整场戏始终直立表演，引人注目的是他们戴的马的面具，并不是完整的马头造型，而是由金属丝与皮革制成的马面的框

---

① Peter Shaffer. *Three Plays: Five Finger Exercise*、*Shrivings*、*Equus*. Penguin Books Ltd, 1972, p.200.

架，框架下可以清楚地看到演员的脸部，尤其是眼睛，马上场时，所有没戏的演员便充当歌队发出圣歌式的无字合唱声。斯特朗牵马、爱抚马的动作则大多是哑剧或虚拟的表演。这些艺术构想不仅突出了全剧新颖别致的处理手法和丰富多变的风格，而且有助于表现剧本特定的内容。

他的《马》鲜明地体现了这一思想。剧本围绕马的形象形成两大板块：狄萨特查究斯特朗刺马的眼睛的反常行为的部分用的是写实戏剧的常用手段；而每次马登场的戏，剧本则动用了各种可能使用的技巧，如只有框架轮廓，可以清晰地露出扮演者双眼的马头的面具；马上场时其他演员吟咏的无字圣歌；扮演马的演员的姿态动作、哑剧表演；这都强化了剧中马的象征意义，有层次地体现了复合结构的各个部分。从这一例子我们可以看到，巧妙地综合运用各种直观的戏剧技巧，可以最大限度地发挥立体复合结构的艺术力量。

在克瑞斯托弗·因斯的《现代先锋艺术》中，作者明确地指出了彼得·谢弗与格洛托夫斯基的联系，"正如彼得·谢弗《伊库斯》一剧中，空荡荡的舞台上仿佛在回应着格洛托夫斯基的'质朴戏剧'，但在这种质朴之中又包含了无限的内涵，部分观众的座位在表演区的后面便于通过允许观众观察其他人的反应来加强反应，一名演员端坐于观众中，声音效果布置得环绕在观众席中。梦的顺序、布景结构切断了时间的逻辑性，同时事件的起因与效果遵循着无意识的非理性组合，同时配合着仪式般的反复、有节奏的喊叫，风格化的面具与神话原型：阿波罗与狄奥尼索斯。这种对观众/舞台关系的描述暗合格洛托夫斯基对《忠诚的王子》的布景描述，作为'刺探隐私者'和'证人'的观众围成了一个方形内台代表了一个拳击场。"①

作为总体戏剧的积极实践者，彼得·谢弗对戏剧中文学性因素（dramatic elements）与剧场性因素（theatrical elements）的重视值得我们探讨。卡瓦纳在其专著《彼得·谢弗：剧场与戏剧》中专列一章来探讨彼得·谢弗剧中的文学性因素与剧场性因素的融合。在他看来，戏剧文学（drama）与戏剧剧场（theatre）的区别显而易见：戏剧剧本可以被写下来，而剧场不能，因为后者意味着一系列不能用语言表达出来的体验。因此剧场指的是一系列情感的、心理的、智力的体验，以及氛围、共有的观剧效果、舞台与观众席之间的直接交流体验。剧场不仅是单纯的文本或者舞台，而是这二者的融合，也就是说，剧场是一种完整的体验，它规避任何具体的定义。文学性因素一般包括结构、角色、情节发展等可以被记录于文本中并且随之可以被

---

① 参见 Christopher Innes. *Modern Avant Garde Theatre*. London: Routledge Inc, 1993, pp.228–229.

分析的方面。①

在彼得·谢弗的戏剧作品中，文学性因素与剧场性因素巧妙的融合在一起。作为一名写过侦探小说的剧作家，彼得·谢弗的剧作技巧毋庸置疑，他靠紧张有力的悬念、层层递进的情节发展将剧作一步步的推进，所以，许多评论家认为彼得·谢弗只是一个戏剧匠才的原因也正在于此。同时，彼得·谢弗又是剧作家中少数比较重视剧场性因素的，他的剧作被搬上舞台后剧场效果让人称奇，这也是他被另一些评论家所认为的其剧作仅有豪华的外观却没有内涵的原因。其实，彼得·谢弗的剧作在某种程度上从剧场的角度重新定义了戏剧，因为他的剧作将文学性与剧场性有机的融合在一起，成为既有文学价值又有生动剧场性的作品。针对有的评论家对其剧作的批评，彼得·谢弗曾经作出回应："我与伦敦（戏剧评论家）的分歧在于他们的剧场性不够。我厌倦于看一种两个人整晚相互抱怨或者向观众灌输思想的戏。这对我而言并不是真正的戏剧。"② 在评论家们批评彼得·谢弗是个匠才或者其剧作仅有豪华外观的时候，他们忽视了其剧作中的深刻内涵。例如，从人物形象的塑造来看，彼得·谢弗通过"父亲"形象的塑造质疑了

---

① 参见 M.K.MacMurraugh-Kavanagh. *Peter Shaffer*: *Theatre and Drama*. Macmillan Press, 1998, p.15.
② Gene A Plunka. *Peter Shaffer*: *Roles, Rites and Ritual in the Theatre*. Fairleigh Dickinson University Press, 1988, p.38.

人们对上帝以及信仰的追寻，在剧中人对上帝寻而不得的背后，是彼得·谢弗对人类存在问题的深深疑虑，这是自尼采提出上帝之死以后戏剧家在剧场中发出的又一振聋发聩的声音。通过人物形象以及他们之间的复杂关系，彼得·谢弗描摹出人类存在的悲剧性。除此之外，彼得·谢弗剧作也具有深厚的文化意蕴。他在剧中所塑造的感性与理性两类人物，揭示出存在于人类集体无意识中的日神精神与酒神精神的两类原型人物。

通过前述对总体戏剧的谱系考察，我们可以看出彼得·谢弗在总体戏剧观念上与瓦格纳和阿尔托等人的不同。瓦格纳的综合艺术仍然是在戏剧文学性基础上的整体性艺术。他的观点反映出在现代戏剧的发展过程中，文学性要素需要与其他剧场性要素结合的趋势。作为一位追求总体戏剧效果的剧作家，彼得·谢弗与前述总体戏剧的倡导者阿尔托等人也有着不同的理念。当阿尔托将剧本赶出其总体戏剧体系时，彼得·谢弗却在强调剧场性的同时，并没有贬抑戏剧文本的作用，他提倡在与戏剧文本结合的基础上，戏剧的每种要素都具有独立的审美品格，在戏剧整体中能够发挥出各自的重要性。因此，从对戏剧剧场性的重视程度来说，彼得·谢弗比瓦格纳更进一步；从与戏剧文学性的结合程度来说，他又比阿尔托更进一步。

概括而言，彼得·谢弗的总体戏剧观包括这样几个层面，首先，就剧作的思想层面而言，彼得·谢弗的戏剧有着深刻的形而上思考，他的剧作尤其是三部最重要、取得巨大成功的剧作《皇家太阳猎队》《伊库斯》和《上帝的宠儿》都在探寻着信仰、上帝的意义，描绘出人在上帝已死之后的世界图景中找寻不到自身存在的意义，无法进行身份确认的困惑；其次，就戏剧本体层面而言，从各种艺术手法来说，他的戏剧不仅包括有文学因素（剧本），也有音乐、电影、舞蹈、舞台美术等艺术成分，此外，还有面具、哑剧、仪典等因素；就思维方法而言，彼得·谢弗的剧作融合了东方与西方两种思维方法，他的舞台既是写实的又是写意的；就戏剧创作方法而言，他的戏剧融合了各种戏剧流派、观念，既有写实主义的客厅剧又有布莱希特式的史诗剧，还夹杂着阿尔托残酷戏剧的因素；就严肃戏剧所面临的先锋性与大众性的永恒矛盾而言，他的戏剧很好地将艺术性与商业性结合起来，成为既卖座同时又不乏艺术性的上乘之作。

具体来说，本书拟从以下几个方面来分析彼得·谢弗如何通过其剧作实现自己的总体戏剧理想。首先，就剧场性要素而言，彼得·谢弗的剧作极为重视服装、化妆、灯光、道具、舞台布景等造型要素、音乐要素以及对影视艺术要素表现手法的吸收上。这些要素既与戏剧文本紧密结合在一起，又具有各自独立的审美品格，无论在作为一度文本的文学剧本中还是在导演将其搬上舞台的二度文本中都具有重要的作用。由此，在戏剧文本的结构上，彼得·谢弗采取了许多与传统的剧本不同的方法。他的多部剧作都引入了叙事者，通过叙事者的视角构建出一个与观众的审美经验迥然不同的世界，然而，这个叙事文本的真实度却遭遇观者的怀疑。但彼得·谢弗并无意指明这个世界的真假，叙事者宁可在自己虚构的世界中感到愤懑、痛苦与困惑，也不愿面对现实的冰冷与残酷。为了叙事者叙事的方便，彼得·谢弗采取了多场面的结构方式，他充分利用戏剧的假定性，借助观众的想象与灯光、布景等的紧密配合，顺利实现了场面的切换，在戏剧时空方面呈现出立体复合、多层次的特征。彼得·谢弗的剧作不仅在剧场与结构方面有着独特之处，他还在人物塑造上描摹出后现代社会中人的身份困惑以及信仰坍塌之后无所依附的迷茫。除此之外，彼得·谢弗的剧作体现出跨文化思想并具有强烈的仪典特征，这是其剧中人进行身份确认的一种方式，也是彼得·谢弗剧作中剧场性的一种体现方式。彼得·谢弗剧作中常常出现看似对立实则精神相通的两种人物，他们作为日神精神与酒神精神的代表，在剧作中体现出两种善的对立与冲突，这两种人物在西方文化中具有原型性意义。

作为剧作家的彼得·谢弗想要实现总体戏剧的理想，还必须遇到尊重、理解自己剧作的导演，他的戏剧才能呈现于舞台之上。因此，与约翰·德克赛特（John Dexter）、彼得·霍尔（Peter Hall）等导演的合作，更好地实现了他的总体戏剧目标,《伊库斯》还曾由巴罗与德克赛特共同导演。彼得·霍尔导演在《戈尔贡的礼物》剧本的导论中提到了彼得·谢弗与百老汇其他剧作家的不同之处。一般而言,百老汇的剧作家们很少在排练场中出现,因此在排练之后剧本的改编中他们修改得很少。但这是彼得·霍尔不太赞同的一个观点,他认为,导演与演职人员是剧作家的仆人,因此剧作家应该是合作(指戏剧演出)的中心,他应该尽可能的出现在排练场中。彼得·谢弗经常修改自己的剧本,这并不是因为他对自己的作品不确定或者犯了错误,而是因为他在运用一切技巧使得剧本越来越清晰和鲜明,在这个过程中,他需要与导演的合作,他将之称为与演员一起打磨剧本。①

彼得·谢弗的作品之所以取得巨大成功,很多人将原因归结于优秀的演员、导演与舞台美术家。无可否认,彼得·谢弗作品的演出能够取得巨大的成功,一方面,因为剧作家创作出了优秀的剧本;另一方面,由于戏剧是一种综合艺术,优秀的导演、演员、舞台美术的联袂,能使一部优秀的剧作更上一层楼。而在今天的商业社会中,优秀的明星的加盟,无疑是剧作吸引观众的一大法宝。诸如近几年中国的话剧巡演,具有票房号召力的明

---

① 参见 Peter Shaffer. *The Gift of the gorgon*. London: Penguin Group, 1993, pp.vii–viii.

星的加盟，是巡演成功的一大保障，有的话剧演出干脆打出"明星版"的旗号，成为商业宣传的一大噱头。

彼得·谢弗的许多剧作，制作时有诸多优秀导演与演员的加盟。英国著名的导演彼得·霍尔曾在1980年使彼得·谢弗的《上帝的宠儿》首度上演于舞台，2000年他再度导演该剧。曾经执导过彼得·谢弗剧作的著名导演还包括彼得·布鲁克、约翰·德克斯特（John Dexter）。正是他们的杰出导演艺术，使得彼得·谢弗的剧作能够生动的立于舞台之上。

麦琪·史密斯饰演了彼得·谢弗诸多的喜剧作品，在《黑暗中的喜剧》《公共之眼》《私人之耳》《莱蒂斯与拉维纪草》中均有出色的表现，剧作者在《莱蒂斯与拉维纪草》剧本的前面专门题写一句话注明本剧是献给麦琪·史密斯的，因为她将喜剧表现的活灵活现。麦琪·史密斯1952年就开始从事表演，至今依然活跃在舞台与银幕上，她获得了无数的奖项包括学院奖、金球奖、艾美奖、劳伦斯·奥利弗奖以及托尼奖等。《莱蒂斯与拉维纪草》1989年的百老汇演出曾因为她的不慎受伤而推迟。她在著名的"哈利·波特"系列电影中饰演了麦格纳格尔教授（Professor Minerva McGonagall）。彼得·谢弗曾在一次访谈中公开称赞她勇敢。他认为，"勇敢"是成为一个伟大的女演员的必要条件。①

---

① A Conversation with Peter Shaffer（1990）// C.J.Gianakaris（edt）, *Peter Shaffer: A casebook.* Garland Publishing Inc.1991.

2007年与2008年英国与百老汇的《伊库斯》演出由"哈利·波特"系列电影的男主角丹尼尔·雷德克里夫饰演艾伦·斯特兰一角,虽然他在剧中的裸体演出在西方媒体中也引起了轩然大波,但丹尼尔的明星效应无疑使得该剧一时间成为街谈巷议的热点。

可以说,正是由于与这些导演、演员的良好合作,彼得·谢弗完美地实现了自己的总体戏剧理想。

第二章
彼得·谢弗总体戏剧之剧场要素

> 彼得·谢弗总体戏剧表现出强烈的剧场性,而这种剧场性首先表现在他对服装、化妆、灯光、道具、舞台布景等造型要素、音乐要素以及吸收影视艺术要素表现手法上。在彼得·谢弗的总体戏剧中,所有这些要素都与戏剧剧本紧密结合在一起(在彼得·谢弗的戏剧中,这些要素在作为一度文本的文学剧本中即能体现出来,其文学剧本详细记录了对舞台、音乐的要求);同时,它们又具有独立的审美品格,各自发挥着重要的作用。

第一节 简约而盈满的舞台

服装、化妆、灯光、道具、舞台布景等造型要素是戏剧的一个重要组成部分。彼得·谢弗对造型要素的作用非常重视，在他看来，戏剧并不是写在纸上供人阅读的"案头剧"，而是在舞台上演出的，因此，除却文学要素外，服装、化妆、布景等造型要素也与戏剧的文学要素占有同等重要的地位。

服装与化妆是对人物形象进行外部造型，是"演员塑造舞台形象十分重要的辅助成分"[①]。古希腊戏剧中，舞台服装与化妆都是极为简单的，演员都穿着丝麻制成的长袍，着厚底靴，脸戴或悲或喜的面具，这种外部造型使得角色之间的区别不是很大，这使得有限的两三个演员可以仅仅通过语言、台词、动作等手段就可以迅速的转换身份从而扮演不同的角色。后来，随着演员数量的增加以及角色的细分，服装、化妆造型也渐趋复杂，每个角色都拥有专属于角色自身的造型。彼得·谢弗的戏剧中除了具有一般戏剧中所惯用的造型方法外，还有一些独特的地方，比如在《皇家太阳猎队》中萨列瑞

---

① 谭霈生:《戏剧艺术的特性》，上海文艺出版社1985年版，第64页。

的塑造方式。在这部戏剧中，萨列瑞作为叙事者和剧中人，其扮相横跨青年与老年阶段，这一形象转换是靠服装的转变实现的。在戏剧开始作为叙事者的萨列瑞开始回忆自己的一生，当萨列瑞的内心独白结束之后，老年的他解开睡袍的纽扣，甩掉破败的外衣和小帽，舞台上的萨列瑞即成为青年人的样子。这在舞台上通过瞬间转换来实现，在电影中只能通过镜头的组接也就是蒙太奇的手法来实现。

道具、舞台布景在戏剧中也有重要的作用，他们为戏剧提供具体的环境和氛围，"他们的作用是多方面的，或暗示主要的人物性格，或通过具体的物质环境传达出戏的时代特征，或烘托演出的气氛，或帮助演员的表演动作，等等；或者是同时兼有各种作用。"[①] 在彼得·谢弗的戏剧中，道具与舞台布景呈现出多种特征，既有写实主义、逼真风格的，也有写意风格的；同理，道具与舞台既有西方风格的，也有借鉴东方特色的。而这些风格与特点在同一部戏剧中也能完美的融合起来。如《伊库斯》这部戏用的道具很少，整体布景效果通常认为是非现实主义的，但有趣的是，当这部戏里的男孩和女孩准备做爱的时候又是现实主义的，因为他们在那时是全裸的。然而全剧的总体印象是严重的

---

① 谭霈生：《戏剧艺术的特性》，上海文艺出版社1985年版，第66页。

功能主义、景观、剧场的气氛,这是通过剧作家、演员和导演用令人高兴的沉着来展现出他们的才能来获得的。①

彼得·谢弗的早期戏剧如《五指练习曲》《公共之眼》《私人之耳》《善意的说谎者》,舞台是非常具象、写实的,如在《五指练习曲》中,全剧发生在哈林顿家的乡村小屋中,房内陈设一如真实的房间一般,其他几部喜剧的地点也是在房间内,是典型的写实主义戏剧。但在彼得·谢弗最知名的几部戏剧《伊库斯》《皇家太阳猎队》《上帝的宠儿》中,舞台风格是偏向于写意、简约的。

在舞台布置上,彼得·谢弗有些剧作的风格借鉴了东方戏剧的因素,比如在导演德科赛特(Dexter)的处理下,《伊库斯》一剧中运用了许多日本戏剧的因素:扮演马的演员在脚上套上金属制的类似马的蹄子的东西,他们用"蹄子"有节奏地顿足,就像是日本能剧舞台的表演,当艾伦骑马的时候像是歌舞伎的旋转给人一种运动的幻觉,甚至演员头戴金属丝制的面具也给我们一种早期日本文乐木偶戏的感觉。②

彼得·谢弗懂得充分利用戏剧的假定性,在他的剧

---

① John Russell Taylor. *Peter Shaffer*. Longman Group Ltd, 1974, p.52.
② Claycomb, Ryan M. "Middlebrowing the Avant-Garde: *Equus* on the West End." *Modern Drama* 52(2009): 103.

作中同一个道具可以有多样的含义，从而用少量的道具营造出丰富的戏剧情境。在《上帝的宠儿》中，舞台右侧在反光的塑料舞台上放着一架镶木琴身的早期钢琴。这架钢琴在剧中一直放置在舞台上，但它却可能被摆在不同的地点，同时也有不同的功能。当然，大部分时间里它主要是作为弹奏乐器的钢琴出现，如在第一幕第二场中萨列瑞在自己家里用来弹奏装饰自己唱灵歌时的收束音，第一幕第七场中萨列瑞在舍恩勃鲁恩宫里弹奏欢迎莫扎特的曲子；除此之外，它还具有其他功能，第一幕第一场中，它是萨列瑞家里他的仆人伊格纳兹·格雷比格的酒桌，第一幕第五场中它是瓦尔德施泰德滕男爵夫人家里莫扎特与未婚妻康施坦茨嬉闹时后者用来藏身的地方，第一幕第八场中莫扎特的《后宫诱逃》首演时它又是剧院里莫扎特用来指挥的道具，第一幕第十一场中它是萨列瑞家中用来盛放萨列瑞的旧睡袍和披肩的物体，方便萨列瑞在下一场中可以从容地换装。总之，钢琴这一普通的道具在这部戏中被赋予了多重功能。除去钢琴，其他很多普通的道具在这部戏里也被赋予了不一样的意义。在第二幕十三场中，康施坦茨在与莫扎特的争吵中将桌子的一角向舞台后部一推，桌子的一端正好对着观众，这样一个新的空间排练顺序就暗示着莫扎特最后的住所。同样的一张桌子，在这部剧作中既是莫扎特用来写作音乐稿件的书桌，又是莫扎特临终时睡的床。

灯光是重要的舞台美术造型手段，是演出空间的重要构成手段，在戏剧情境的营造方面有着重要的作用。西方戏剧发展史中，16世纪以前的演出基本在室外，主要依靠太阳光照明，夜晚演出时只能靠火把等。17世纪时意大利的室内剧场开始使用人工光源，使用蜡烛和油灯，有了顶光、脚光等。19世纪初舞台上使用煤气灯，20世纪开创了舞台上使用电灯的新时代。英国著名的舞台美术家戈登·克雷和瑞士著名的美术家阿道夫·阿庇亚对舞台灯光在戏剧中的作用有着重大影响，阿庇亚更是被称作"现代灯光之父"。彼得·谢弗《黑暗中的喜剧》是运用舞台灯光营造戏剧情境的绝妙案例，舞台上利用灯光的或明或暗制造了一系列的误会，产生了大量的笑料，灯光是此剧中最为关键的一个要素，是戏剧情境、戏剧构造中不能缺少的因素。在彼得·谢弗的几部多幕剧中，有几部都是回忆形式的，如《皇家太阳猎队》《伊库斯》《上帝的宠儿》《戈尔贡的礼物》，在回忆体戏剧中灯光是营造戏剧情境的一种重要手段。

彼得·谢弗几部叙事体戏剧的舞台是很简单的，然而戏剧表现的内容却是恢弘、庞大的。在彼得·谢弗的几部回忆体戏剧中，舞台一般由两个部分构成，而这两个部分的主次之别又使得戏剧表现的内容有重要程度的区分。如在《伊库斯》一剧中，舞台上主要有"一座圆形木台上安放着一座方形木台"，方形木台是主要的表演区，艾伦接受狄萨特治疗、半夜骑马等重要的表演都在方形木台上；圆形木台可说是方形木台的准备区，当演员即将进入方形木台表演时他可在圆形木台候场，或者当主要演员在方形木台表演的时候其他演员在圆形舞台做一定的辅助表演，这样形成多层次的表演形式。《约拿达》的布景由组合在一起的内台和外台构成，戏开始前围绕着外台坐着6个面无表情的乞援者。他们身穿白色长袍，个人特征湮没于白色面具中，他们在剧中扮演除那些有名有姓的人物之外的一切角色，他们还帮助做出声效，但他们从不说话。观众席中的观众能够发出多样的、精湛的声响，能够补充舞台上乞援者所发出的声音。

除此之外，彼得·谢弗会充分利用舞台空间，他在有限的戏剧空间内，通过对舞台进行分区，同时配合以灯光的明暗变化、音乐的此消彼长，表现出巨大的戏剧容量。在这几部以回忆为主的戏剧中，将舞台分成不同的区域是个有效的方法。在《上帝的宠儿》中，舞台被分成了前部、中部与后部三个部分，而在每一个部分的左右两侧又会摆放不同的道具。这部剧作中最主要的布景是一块被安置在一个湛蓝色的塑料舞台上的漂亮的长方花纹木板，这代表了各种室内场景，特别是萨列瑞的客厅、莫扎特的住处、各种会客室和歌剧院场景。"《上帝的宠儿》中彼得·霍尔、约翰·百利、保罗·斯科菲尔德创造的镀金边的洛可可风格的世界有着清晰的、精美的、金碧辉煌的擦拭的闪闪发亮的玻璃。这个世界最令人倾倒的特色是一个冰蓝色的塑料舞台——一个随着灯光变化而改变颜色的大理石的表面，它如镜子般反射出令人吃惊的鬼魂般效果的奢侈的服化、有异国情调的装饰、虚弱的过分独特的、优雅的、做作的、漂亮的、衰落的约瑟夫二世的逼真的宫廷到18世纪的宫廷。这部分由舞台前方内部的漂亮的拱门（它装饰有金色树叶）、吹喇叭的小天使以及金银丝做成的工艺品。这个拱门既是一个基础又是一个长方形中心舞台的入口，这个舞台在大理石表面内部衬以木制镶嵌，这个中心舞台的对称设计确实体现出了古典主义的优雅、简单和精确。"[①]

在舞台后部是那个富有创造性的"光盒"。这个"光盒"是在舞台后部有个华丽幕布的大拱门所呈现出的一个空间。在这个空间里有精致的投影，投射出剧院的包厢、断头台的黑影、共济会的图案等。观众从这个空间中可以看出18世纪维也纳的街道夜景，还有一个装着金框的镜子组成的大墙。在那当中有一个硕大无朋的金壁炉，代表金碧辉煌的奥皇宫廷舍恩勃鲁恩宫。这里还出现了维也纳市民的剪影以及奥皇约瑟夫二世及其廷臣的仪态。总之，这个"光盒"所营造出的洛可可风

[①] John Russell Taylor. *Peter Shaffer*. Longman Group Ltd, 1974, p.66.

格的空间,在剧中发挥着巨大的作用。第一幕开始时"光盒"中映出维也纳市民的剪影,他们在议论萨列瑞杀了莫扎特这件事,为萨列瑞的出现营造了一种舆论的氛围,萨列瑞出现对观众独白的时候,"光盒"的幕布徐徐降下,舞台表现的重点放在萨列瑞的身上。萨列瑞在音乐上取得的成功是通过他的叙述使我们了解到的,在萨列瑞叙述的同时,舞台上的表现手段是"光盒"中展现出歌剧院的内景与狂热的鼓掌的观众,萨列瑞面朝舞台后部,向那些观众鞠躬。此时的萨列瑞背对着真正的观众。之后又是另一座歌剧院的内景以及热烈的观众,萨列瑞再次向他们鞠躬致意,如此共三次。与之形成鲜明对照的是,此时舞台右侧莫扎特孤独的坐在钢琴前,弹奏着自己的四重奏,但是没人注意,与萨列瑞引起轰动的场景形成强烈的对比。"光盒"的设置配合音乐、灯光是这部戏能够自然、流畅的转入各个场景的原因。

《伊库斯》的舞台十分简单,整个舞台是"一座圆形木台上安放着一座方形木台",然后方形木台上放着三张普通的长板凳,方形舞台的表面上镶有细金属杆,在圆形舞台以外的地方放着一些长凳。可以说,整个舞台布景由木台和板凳构成,简约至极。于是,作为重要道具的板凳被赋予了丰富的内涵,它既是医生狄萨特聆听和观察病人情况的地点,有时也是艾伦的病床,艾伦的父母也并排坐在上面。同时,它们也供演员休息时使用。因此，整个舞台就由这样几个部分组成：方形木台是整个布景的中心区域，是演员表演的中心位置，艾伦在半夜骑马、与马融为一体等重要的表演场景是在方形木台中表现出来的，而方形木台底部装有滚珠，站在圆形木台上的演员可以推动使其旋转起来，在第一幕最后一场艾伦的表演中就利用了这种可以旋转的舞台，此时舞台上只有一只强烈的聚光灯照在马和艾伦的身上，整场表演给观众带来了强烈的视觉震撼。

彼得·谢弗的戏剧中，不但舞台前后部的空间被充分利用出来，就是舞台上方的布景也常常给人留下深刻印象，如在《皇家太阳猎队》中，麦考·安纳斯（Michael Annals）根据彼得·谢弗的剧本设计的舞台非常简单：舞台上空空荡荡。在这个空荡荡的舞台上方高悬着一个巨大的金属雕饰物，切入的利剑构成了一个宗教的十字架。当戏剧行动移向秘鲁的时候，这个圆盘慢慢地向外张开变为一个巨大的太阳花瓣，花瓣向上、向外伸展着。也就是说，这部戏一上一下两个部分构成整个舞台的基础。作为全剧最大象征的太阳形象在空荡荡的舞台上显得尤为突出，视觉要素成为这部戏剧非常重要的一个部分。在视觉上，这部戏是非常抓人的，五彩缤纷的印度服装，用羽毛和金属装饰品牢牢抓住了观众的眼睛，风格化的面具加上引人注目的眼睛使得仪式的力量呈现为悬而未决的场景（比如阿塔瓦尔帕被杀的那一场）。不时变化的丛林吼声、嗡嗡声以及怪异的喊叫声适时的音响配之以舞蹈再加上视觉形象共同制造了一种全面的冲击。①

第二节 音乐：隐在的角色

彼得·谢弗从小学习音乐，当他还是个孩子的时候，即使在"二战"中，他也能够有机会上钢琴课。他能够相当熟练的弹奏肖邦的一些曲子甚至达到了可以弹奏海顿与莫扎特的奏鸣曲的地步。彼得·谢弗的音乐素养不仅使得他的成熟作品中的语言有一种节奏美，最重要的，音乐是他剧作主题的一个重要来源，《上帝的宠儿》讲述的是两个音乐家之间的故事，《五指练习曲》这个名字也与音乐有关。在他的剧作中，音乐也是剧情发展过程中不可或缺的重要元素，《上帝的宠儿》即围绕着音乐展开，《私人之耳》《五指练习曲》等剧中的主要人物也酷爱古典音乐。

彼得·谢弗戏剧与音乐的关系可谓紧密，音乐与其剧作的关系体现在这样几个方面：首先，音乐是其选材的一个重要来源。《五指练习曲》是他第一部取得成

---

① C.J.Gianakaris. *Peter Shaffer*. London: Macmillan, 1992, p.86.

功的舞台剧,这部剧作的名字即与音乐有关。在钢琴学习中,五指练习是重要的基本功。而据威廉·泰伯说,《五指练习曲》这个题目来自于一本关于钢琴音乐的书。这本书包括五个相互联系的部分,他们视用途增强或者减弱彼此。[①] 在这部剧作中,彼得·谢弗围绕五个人物展开戏剧冲突:哈林顿先生与太太、他们的儿子克里夫、他们的女儿帕梅拉以及哈林顿夫妇为女儿请来的家庭教师沃尔特。这五个人物虽然可以简单地分为一家四口与外来的家庭教师两个阵营,但五个人物之间的关系错综复杂。就像练习钢琴曲时必须处理好五个手指之间的关系,五指之间配合密切、完美协调才能弹奏出动人、优美的歌曲一样,处理好这五个人物之间的关系就如初学者协调五指之间的关系一般让人感到费劲。

在彼得·谢弗的剧作中,还有一部与音乐有着很大的关系,这就是著名的《上帝的宠儿》。这部剧作选取了古典乐派的代表人物莫扎特与同侪萨列瑞之间的冲突作为主线,展现了两位音乐家之间的斗争与合作,对上帝、天才、人性、自由等进行了探讨。在西方世界,萨列瑞害死莫扎特的故事流传已久,莫扎特死后很多年,年老的萨列瑞在1823年自称毒杀了莫扎特,还引得他的一个朋友请来医生调查从而洗脱他的罪名。但是传说

---

① 参看威廉·泰伯(William S. Tepper)的硕士论文, *"To See The Soul of A Man": the five Major Plays of Peter Shaffer*, the University of Alberta, 1984.

仍在继续,萨列瑞死后五年的戏剧《莫扎特与萨列瑞》详细地描述了心怀妒忌的萨列瑞是怎样处心积虑地杀害天资聪颖的莫扎特的。后来关于二人关系的种种描述都是从这部戏剧得到的灵感。普希金曾经创作了一部短剧《莫扎特与萨列瑞》,后来还被改编成歌剧。对于这部剧作,彼得·谢弗并没有想做成一部莫扎特的传记,正如他在剧本后面的附言中所说,在将《上帝的宠儿》由戏剧作品改编为电影的时候,谢弗与电影导演福尔曼都意识到,他们都不是在做一部沃尔夫冈·莫扎特的客观生活的纪录片。很明显,舞台上的《上帝的宠儿》并不是要成为一部关于作曲家的纪录片式自传,电影亦是如此[1]。

彼得·谢弗用萨列瑞作为戏剧的叙事者,以他的视角展开整部戏剧。在他的心目中,上帝是不公平的,因为他自己为了音乐呕心沥血,但创作的曲子却是那么平庸。莫扎特散漫、放荡、终日游乐,却受到上帝的恩宠,他的音乐仿佛是上帝放入他的脑中,他只是负责摹写下来,一挥而就的音乐是那么的顺畅、自然、优美、漂亮。彼得·谢弗选取这个题材,有他自身对音乐的偏好在里面,而这部剧作所取得的巨大成功,说明彼得·谢弗的选择是正确的。

其次,音乐在这些剧作中还起着烘托剧情、加强

---

[1] Peter Shaffer. *Amadeus*. Penguin Classics, 2007, p.110.

人物情绪、表现人物性格的作用。如《上帝的宠儿》开场时剧场里充满了唧唧喳喳的议论声，在一片杂乱的声音中，"萨列瑞"与"凶手"两个词却听得分明，随后窃窃私语声逐渐变大，烘托出令人不安的气氛。随后灯光映照出舞台后部"光盒"中维也纳市民的剪影。这些议论纷纷的声音表现出当时的舆论环境，为萨列瑞后来的忏悔奠定了基础。接下来，第一幕第三场萨列瑞回到年轻时代，伴随他出场的是他自己的一首典雅的弦乐曲，在音乐声中，约瑟夫二世和他的朝臣们依次登场，萨列瑞介绍他所生活的时代以及他的夫人、学生。当他介绍自己带的学生喀特丽娜的时候，音乐声发展成声乐，舞台上隐约听到女高音在唱一首歌剧中的咏叹调。喀特丽娜以哑剧形式模拟那热情奔放的歌声，但她与萨列瑞的夫人特瑞沙一样都是不出声的角色，音乐是对她们身份、性格的最好诠释。

　　萨列瑞阐述音乐家在18世纪的地位时这样说道，"我们是有学问的奴仆！我们用学问把人们平庸的生活，化为节日盛典。"① 这时舞台上响起更为庄严的音乐，萨列瑞开始描述当时音乐家的作用："我们得把他们枯燥无味的生活歌颂成不朽的业绩。……是因为我们的作品才使人们记得他们这个时代的韵味——他们的政治早被

---

① ［英］莎士比亚等：《英若诚译名剧五种》，英若诚译，辽宁教育出版社2001年版，第495页。

人忘了，我们的音乐反而永垂不朽。"① 萨列瑞的这段独白与背景音乐相得益彰，说明此时音乐在他心目中的地位：音乐是不朽的，音乐是他心目中的上帝。

萨列瑞在瓦尔斯塔登男爵夫人家里第一次见到莫扎特时，莫扎特正与未婚妻康斯坦茨嬉闹，语言粗俗放荡，萨列瑞不以为意，但是，当音乐会开始，莫扎特的小夜曲飘到萨列瑞的耳朵里之后，萨列瑞被震惊了，他在音乐中缓缓地、平静地开始说"痛苦的绳索捆住了我"，他跌跌撞撞地逃离男爵夫人家里，此时音乐声一直延续着，萨列瑞好似听到了上帝的声音，他诧异于这个声音居然来自这样一个"伤风败俗的娃娃"。之后萨列瑞拼命的作曲，并让风言和风语一直监视莫扎特的行动。

康斯坦茨去找萨列瑞请求他为莫扎特安排工作的时候，带去了莫扎特的音乐手稿。康斯坦茨离开后，萨列瑞开始审读这些乐稿，此时的音乐与萨列瑞的动作完美地结合在了一起。当他的眼睛落在第一页乐谱上的时候，剧场立即想起了微弱的音乐，他认为这些稿子誊写的干干净净，没有任何改动的痕迹，像是上帝印在莫扎特头脑中的，这使他十分恐慌。当他的眼睛离开乐稿的时候，音乐声停止。然后，他重新看乐谱，立刻响起了

---

① ［英］莎士比亚等：《英若诚译名剧五种》，英若诚译，辽宁教育出版社2001年版，第495页。

小提琴和中提琴协奏交响曲。他再次阅读乐稿，独白。然后，他又抬起头来，音乐停止。如此反复几次，直到最后出现滚雷般的声音，音乐越来越响，充满了剧场，最后鼓声爆发，萨列瑞丢下了乐谱，倒在地上。随后，音乐转为低沉的隆隆声，直至消失，舞台上只剩寂静。长时间的停顿之后，萨列瑞苏醒过来，开始对上帝的控诉，与上帝宣战。这一场戏剧演出中，音乐恰到好处地烘托出萨列瑞的心情，表现出他从最初的震惊直到震怒的心理变化过程。如果说萨列瑞在瓦尔斯塔登男爵夫人家里第一次见到莫扎特的时候他还只是惊讶于如此粗俗、稚气未脱的人可以写出美的音乐，那么这次见到莫扎特如此多的创作手稿，如此多干净、未经修改的音乐稿，就像是上帝将音乐直接印入他的脑中，他只是随手写下罢了，如此轻而易举、不费吹灰之力，而联想到自己辛辛苦苦的过着清教徒般的生活，终日勤奋的创作，写出的曲子却是不堪入耳，他愤恨于上帝的不公平，为什么莫扎特是上帝的宠儿，而自己却是上帝的弃儿呢？这一段音乐的加入很好的烘托出了萨列瑞的这种心情。

《伊库斯》有类似古希腊戏剧的合唱队，彼得·谢弗在剧本前面的说明中对合唱队的声音效果与作用有详细的说明，它"由所有坐在舞台后部的演员的哼鸣、碰撞和顿足等声音组成——但绝不可嘶鸣或打响鼻。这种声音宣告或说明马神伊库斯的出现。"

在《皇家太阳猎队》中，阿塔瓦尔帕用一种奇怪的声音唱起一支歌,这是他为皮萨罗唱的收割之歌:"你不要去抢,啊,小燕雀。收割好的玉米,啊,小燕雀。已设下圈套,啊,小燕雀。很快将你捕捉,啊,小燕雀。去问问那只乌鸦,啊,小燕雀。它被钉在树枝上,啊,小燕雀。她的心在哪里?啊,小燕雀。她的羽毛在哪里?啊,小燕雀。她被宰割了,啊,小燕雀。因为她偷粮食,啊,小燕雀。瞧瞧他们的下场,啊,小燕雀。这些抢食的鸟,啊,小燕雀。"[1]这首歌是阿塔瓦尔帕和皮萨罗的写照。阿塔瓦尔帕从兄弟的手上抢过王权,并且宣称自己是太阳的儿子,用宗教作为骗术使自己的权力合法化。皮萨罗从西班牙远征秘鲁,虽然他声称自己并不是为了黄金而去,但他要求阿塔瓦尔帕必须用一房间的黄金来为自己赎得自由,这些黄金被他及手下瓜分。而且,据他自己的说法,他去秘鲁是为了获得名誉,从本质上说,他们都是抢夺者。应了那首歌的歌词,偷吃粮食的下场是被"宰割"。剧终阿塔瓦尔帕被杀后再也没能醒过来,他为自己编织的宗教谎言不但欺骗了他的国民,欺骗了皮萨罗,也欺骗了自己,皮萨罗接着唱起了这首歌,"她被剁去了头,小金翅雀。因为她偷吃了粮食,啊,小金翅雀……""你瞧,你瞧这人类的命运,啊,小金翅雀,抢食的鸟。啊,小金翅雀。"[2]

---

[1] 汪义群主编:《西方现代戏剧流派作品选·第四卷》,中国戏剧出版社2005年版,第700页。

[2] 同上书,第730页。

在 2007 年企鹅出版公司印制的《皇家太阳猎队》单行本后面列出了全剧中的音乐表，从这个表中我们可以看出，这部规模浩大的史诗剧使用了 22 首曲子。在这些曲子中，有打击乐，有人的哼鸣声，也有声乐，这些乐曲如《云雀之歌》、印第安人的《劳动歌》、哼鸣声都有详细的乐谱记载。

音乐是《皇家太阳猎队》中非常关键的一个要素，比彼得·谢弗其他剧作中的音乐更加重要。他需要用原始的乐器比如锯、管乐器、鼓和铙钹来制造一种奇怪的和令人不安的音乐，从而在听觉上呈现出 16 世纪的秘鲁概况。彼得·谢弗对马克·威尔克森（Marc Wilkinson）为这部剧所作的曲子印象非常深刻，他认为这或许是克雷格为《培尔·金特》所作的曲子之后最好的音乐，这已成为这部剧作所必需的一个成分。①

彼得·谢弗剧中有许多人物对古典主义音乐非常热爱。在他的剧作中，音乐是描绘戏剧形象的有效手段，是剧中人逃避纷繁的社会，使自己沉溺于其中的庇护所，音乐与每个人的品位、社会地位、受教育程度、个性等因素密切相关，例如《私人之耳》中的泰德（Ted）个性内向，偏爱古典音乐，而他的朋友鲍勃（Bob）个性开朗，喜爱流行音乐，《五指练习曲》中的家庭教师

---

① 参看 http://en.wikipedia.org/wiki/The_Royal_Hunt_of_the_Sun。

瓦特（Walter）喜欢的也是古典音乐，音乐很好的诠释出了他们的性格。

第三节　蒙太奇、定格：电影手法的运用

20世纪被称作电影的世纪。虽然作为一个新兴的艺术形式，电影诞生的时间并不久，但随着科学技术的进步与提高，电影的发展突飞猛进。即使在它诞生初期，人们就对这一新的艺术门类给予了极大的关注，格里菲斯说："电影现在已经成为世界上主要的娱乐形式，成为世界上前所未有的最伟大的精神力量。"[①]安德烈·马尔罗说："电影之所以重要，就在于它是世界第一艺术。它能依靠画面消除语言不同所造成的隔阂。"[②]贝拉·巴拉兹说："电影艺术的魅力就在于：它将把人类从巴别摩天塔的咒语中解救出来。现在第一个国际语言正在世界所有银幕上形成，这就是表情和手势的语言。"[③]电影的迅猛发展也进一步的验证了这些艺术家的

---

① 《格里菲斯谈电影》，《电影文化丛刊》，中国电影出版社1981年版，第2页。
② ［美］刘易斯·雅各布斯：《美国电影的兴起》，中国电影出版社2000年版，第7页。
③ ［匈］贝拉·巴拉兹：《可见的人电影精神》，中国电影出版社2000年版，第16页。

预言。与之相比,戏剧具有悠久的发展历史。从古希腊悲剧开始算起,西方戏剧已经有两千多年的发展历史了。电影较之戏剧,就如牙牙学语的孩童面对历经沧桑的老者。但是,随着电影技术的提高,它的艺术表现能力也增强了,面对电影这一处于上升期的艺术形式,戏剧再也无法沾沾自喜于自己已取得的成绩。戏剧与电影,作为两种不同的综合艺术,它们之间既有千丝万缕的联系又有着迥然不同的个性。但是,为了更好地展现自己的艺术表现能力,它们之间的相互学习与借鉴又是必须的。

法国电影人乔治·梅里爱首先将电影引向戏剧发展的轨道,作为"电影的戏剧传统之父",他为电影编织戏剧情节,并将布景、服装等舞台戏剧要素引入电影中,电影中戏剧的因素越来越重。在电影发展的早期,从无声到有声,从欧洲到美国,"影剧"成为波澜壮阔的发展潮流。正如安德烈·巴赞所说:"我们至今仍然把戏剧奉为一种美学的极致,认为电影也许能够以令人满意的方式接近它,不过,充其量也只是戏剧的谦卑的仆从",因为,"戏剧给我们留下的愉悦比起看完一部好影片获得的满足有一种难以言传的更令人振奋、更高雅的东西,也许,还应该说,更有道德教益"。① 然而,戏

---

① [法]安德烈·巴赞:《电影是什么?》,崔君衍译,中国电影出版社1987年版,第185页。

剧不能沉溺于电影对它的膜拜中而停滞不前,因为,电影等多种艺术门类的发展已经越来越威胁到戏剧的生存。比之应用假定性的戏剧,电影可以给人提供更逼真与生动的艺术体验,而随着大众文化的兴起,电视又进入千家万户之中。20世纪后期,后现代主义思潮背景下,数码艺术、互联网文化等纷纷兴起,戏剧在众声喧哗之中越来越难突出重围,重获大众的青睐。于是,戏剧危机的口号也喊得越来越响亮。面对此种文化生态环境,戏剧如何重现昔日的辉煌?如何在众多艺术形式中占有一席之地?此种背景下,戏剧开始向其他艺术形式学习,这其中,戏剧向电影学习的步伐迈得最早。巴赞曾指出:"如果联系历史来看,我们就应该承认,'电影式戏剧'的广泛尝试先于'戏剧式电影'的尝试,小仲马和安托万是马塞尔·帕尼奥尔的先驱。"[①] 巴赞认为,早在19世纪,戏剧家小仲马和安托万就已经开始尝试向电影学习了,虽然此时的电影还处于萌芽状态,但戏剧家们已经从电影逼真反映现实的特性中,看到戏剧可能发展的方向。小仲马的无情的真实,安托万的复原生活,都是这一要求的体现。其实,戏剧的真实毕竟不能与电影同日而语,在戏剧向电影学习的道路上,戏剧并不能抛弃自身的本质特征而盲目的追求电影的效果,只

---

① [法]安德烈·巴赞:《电影是什么?》,崔君衍译,中国电影出版社1987年版,第148—149页。

有学习电影的某些手法才是可行的道路。20世纪20年代，苏联著名导演梅耶荷德提出了改造戏剧，使戏剧电影化的口号。他指出，"哪里的戏剧在借鉴电影的优秀成就，哪里的戏剧就在最有效地和电影展开竞争。"[①]梅耶荷德在排练他最知名的两部戏剧《森林》和《钦差大臣》的时候，即将电影中的"蒙太奇"等手法运用到戏剧作品中，取得了意想不到的效果。

一、蒙太奇效果

彼得·谢弗在戏剧创作过程中，也经常借鉴电影艺术的表现手法，其中最常用的是蒙太奇手法，这在他的几部戏剧中都表现得很明显。比如他的最后一部剧作《戈尔贡的礼物》，此剧的导演彼得·霍尔在《戈尔贡的礼物》剧本前面的介绍中说，这部剧作的三个人物经常共存于两个地方和三个不同的时间段，这是戏剧结构上的一大进步，因为它需要最大程度上精湛的演员的表演技艺，这就像在表演一个剪辑好的、已经完成的电影。人物在瞬间变换时间、地点和情绪。或许观众还不太习惯于这种跳进跳出以及突然的现代银幕的转换，以至于不太容易理解这种新技术。但彼得·谢弗用电影化的

---

① ［苏］梅耶荷德：《梅耶荷德谈话录》，童道明译，中国戏剧出版社1986年版，第164页。

复杂手法加强了戏剧的古老力量：它邀请观众想象的能力。吊诡的是，这是电影永远也做不到的：想象依然是诗意的。这也是戏剧成为隐喻的地方。[①]

《戈尔贡的礼物》以著名戏剧家爱德华·戴蒙逊与他的妻子海伦·戴蒙逊以及后来成为戏剧研究者的私生子菲利普之间的爱恨纠葛为主线，反映了暴力与和平、宽恕等主题。著名戏剧家爱德华·戴蒙逊在一座希腊小岛上坠崖去世了，他的私生子、在美国从事戏剧研究的学者菲利普来到希腊，请求戏剧家的妻子海伦·戴蒙逊允许他写一部关于自己父亲的传记。海伦开始时坚决拒绝，后来在菲利普的一再请求下不太情愿地答应了，但前提条件是一定要将关于他父亲的所有的事情写出来。于是，海伦开始向菲利普讲述这18年来她与爱德华之间的爱恨纠葛。通过海伦的描述，我们发现，和平主义者海伦反对在戏剧中充斥着暴力、血淋淋的场面，而爱德华却喜欢那些血腥的场面，坚持认为复仇是合理的。在爱德华戏剧创作的前期，他听从了海伦的意见，并没有将那些暴力的场面写入戏剧中，他的戏剧取得了巨大的成功。但后来，他坚持自己的创作取向，暴力、血腥都融入了他的戏剧中，他的戏剧生涯遭遇滑铁卢，失败后的他灰心丧气，躲入希腊小岛中自暴自弃。就在海伦

---

① Peter Shaffer. *The Gift of the Gorgon*. Penguin Group, 1993, p.ix.

受够了这种生活决定要离开的时候,他自杀了,却让人误以为是失足发生意外。在海伦向菲利普进行描述的过程中,穿插着她与爱德华的往日生活片段、爱德华戏剧创作的片段、古希腊神话中阿西娜与帕尔修斯的片段、阿伽门农与其妻子克吕泰涅斯特拉的片段,种种场景交织在一起,混合着海伦与爱德华之间的爱恨情仇,观者看来,既起伏跌宕又有着深深的怅惘。全剧通过海伦的回忆,回顾了爱德华短暂的一生。

全剧并非在海伦的回忆中按顺序展开,戏剧一开始,是现在时空中海伦与菲利普的对话,随着他们对话的进行,海伦开始回忆自己与爱德华初次见面的情形,此时灯光突然变化,海伦怀抱着一摞书与爱德华撞个正着,过去时空中的海伦与爱德华表演着他们相撞后的情景,与此同时,海伦还与现在时空中的菲利普对话,他们的对话补充与评论着过去时空的情景。当海伦在现在时空与菲利普谈到她的往日生活情景时,这段情景就由过去时空中的人物表演出来,而不再通过海伦的描述告诉观众,这样全剧就不断地在过去与现在两个时空中切换,产生了电影蒙太奇的效果。同时,这部剧作还有一个时空层次,就是海伦与爱德华写作的剧本中的场景,这是在过去与现在时空之外的另外一个时空,可以称为虚拟中的剧作时空。全剧实际上有这样三个时空,从而在有限的舞台上包含了丰富的内涵。在这部以海伦的回忆为主线的戏剧作品中,戏剧随着海伦的心理活动展开，并不按照戏剧事件前后发展的顺序展开，这体现出彼得·谢弗剧作中叙事的灵活。

二、定格手法

凝滞不动、定格化表演是电影的表现手法，它指的是影视片中人物的动作或表情画面突然处于停顿状态，它通常是要引起观众的注意，从而强调某一个瞬间动作的重要性。彼得·谢弗的剧作中常常用到这种方法。《上帝的宠儿》第一幕第三场戏剧回到18世纪，萨列瑞介绍完自己的妻子、学生之后，舞台上除了萨列瑞之外的所有人全都停滞不动，这时萨列瑞开始向观众解说观众通常认为的那时音乐家的地位以及他所持的相反的意见，这说明了音乐对于他的重要意义，为后面他因为音乐而与莫扎特产生嫌隙奠定了基础。《约拿达》中也多次出现定格的情况，第一幕第二场大卫王见过自己的所有儿子之后，舞台上响起和弦音乐，除约拿达之外的所有人停滞不动，这时约拿达向观众介绍接下来上场的他玛：这是整个故事中最重要的部分，是整个丑闻、整个事件的全部原因，她是押沙龙的亲妹妹，按嫩的同父异母妹妹，老国王大卫唯一的女儿，整个王国最受宠爱的人，随后他玛上场。此处的定格使得舞台上只有约拿达一人在说话，他向观众介绍这部戏中最重要的人物，突出了他玛的形象，并交代了大卫王家族成员之间的关系，引起观众的期待，为他玛的上场预热。总之，定格出现的时候，舞台上的叙事者开始向观众补充剧情、介绍人物关系以及进行评论，这除了起到突出的作用以外，还因为叙述剧情比演员表演出来所用的时间少而使戏剧节奏加快。

除此之外，彼得·谢弗的剧木中有许多有镜头感的片段，正因如此，他有很多剧作都曾被改编为电影，比如《五指练习曲》《公共之眼》《私人之耳》《皇家太阳猎队》《伊库斯》。虽然他对其早期剧作的电影改编不太满意，这也导致他对别人建议自己将舞台剧改编为电影持审慎的态度，但在莫里斯·福尔曼的坚持下，由他亲自改编的电影《莫扎特之死》取得了巨大的成功。这部电影获得了八项奥斯卡奖、四项金球奖、八项英国电影学院奖与洛杉矶影评家协会奖等多项大奖，成为影史上的经典，这也说明了彼得·谢弗对电影剧本的驾驭能力。

第三章
彼得·谢弗总体戏剧之文本变异

> 彼得·谢弗的剧作非常重视剧场呈现效果，注重直观性，而为了达到相应的舞台效果，他采取了许多与传统写实主义剧本不同的戏剧结构方法，比如在剧作中引入叙事者，为了叙事的流畅、自然采用多场面的结构方式，其剧作呈现出多重并置、立体复合的特征。由这些文本特质，结合其剧作中表现出来的灵活的舞台处理方式，彼得·谢弗剧作为我们带来了绝妙的视听享受，这是其总体戏剧理想中非常重要的一个组成部分。

第一节 叙事者与叙述视角

周宁在《比较戏剧学》中指出,"话语指的是用于交流的言语活动。剧作家、剧本、观众构成一个外在的交流系统,它是现实时空中的。剧中人物之间的对话构成内在的话语系统,其存在形式是虚拟的。……有的戏剧注重外交流系统,文本中的剧作家、舞台上的演员直接与观众接触,近乎史诗或讲唱文学的话语形式。有的戏剧则注重内交流系统,通过人物之间的对话,将剧情展示出来,不管是剧作家还是演员,都尽量避免出面直接加入交流。前一种话语形式我们称为叙述,后一种我们称为展示。"①

彼得·谢弗是擅长这两种话语形式的戏剧家,在其早期的《五指练习曲》《私人之耳》《公共之眼》以及其喜剧作品《黑暗中的喜剧》《善意的说谎者》《莱蒂斯与拉维纪草》等皆是属于写实主义类型的剧作。在这些剧作中,大多采用时间、地点、情节"三整一律"的原则,在舞台设置上是第四堵墙内制造幻觉主义的逼真效果的戏剧。由于是注重内交流系统中人物之间的对话来

---

① 周宁:《比较戏剧学》,上海社会科学院出版社1993年版,第9页。

展示出剧情，所以戏剧人物之间的对话起着非常重要的作用。在彼得·谢弗的此类剧作中，人物之间往往有着错综复杂的关系，彼得·谢弗通过制造一系列的误会与冲突使得人物之间的关系更为复杂，从而层层推进戏剧情节的发展。就结构而言，这些剧作往往并不复杂，有着一定的悬念性，通过各种误会、矛盾等手段使得复杂的人物关系走向更加错综复杂的情节之中。因此，彼得·谢弗的这些剧作与传统的写实主义戏剧相比并没有太大的突破。但彼得·谢弗由于写作侦探小说的文学功底，这些写实主义剧作在悬念的安排、情节的铺陈上具有很深的功力，这说明彼得·谢弗高超的编剧技巧。

彼得·谢弗第一部取得成功的舞台剧《五指练习曲》是一部典型的写实主义戏剧。该剧基本上符合"三一律"的要求。时间从某个星期六的早晨开始一直到星期天的晚上，地点是在英国萨科夫地区哈林顿一家的乡村别墅中。戏剧主要围绕瓦特与哈林顿一家的相处所展开。戏剧由两幕构成。彼得·谢弗的几部喜剧作品也都是写实主义风格的，时空方面比较符合"三一律"的要求，戏剧剧本结构方面与传统的写实主义剧作并没有太大的突破。

而在彼得·谢弗的戏剧创作中，叙事型的戏剧占有更为重要的位置。在这种戏剧中，彼得·谢弗将叙述与展示两种话语类型结合起来，戏剧中出现叙事者与观众直接交流的场景，叙事者有介绍、评论剧情的作用，他们成为外交流系统中非常重要的组成部分；同时，舞台上也有演员将叙事者讲述的内容展示出来，两种话语类型共同构成一部戏。

彼得·谢弗对叙事者的选择颇为独特。在他最著名的几部叙事体戏剧中，他所选取的叙事者往往是那些伟大的人或者英雄旁边的人，如《皇家太阳猎队》中追随皮萨罗的马丁是叙事者，而戏剧本应重点表现的秘鲁末代君王阿塔瓦尔帕与皮萨罗在剧中并没有叙事的作用；《伊库斯》中刺瞎六匹马的小男孩艾伦本应为戏剧主角，但这部戏剧的叙事者是为艾伦治病的医师狄萨特。叙事者的叙述往往改变了观者对戏剧的预期期待或者颠覆了观者以往既有的观念，彼得·谢弗对这些叙事者的选择颇耐人寻味。

从戏剧结构上来说，彼得·谢弗创作中后期的《皇家太阳猎队》《伊库斯》《上帝的宠儿》《约拿达》以及《戈尔贡的礼物》与传统戏剧相比有很大的变化。它们大多在戏剧中设置了第一人称叙事者，以剧中人物的回忆性叙事结构全剧，因此在叙事者与叙事视角的选择以及第一人称叙事者的可靠性问题上有独特之处。同时，为了全剧叙事的流畅，彼得·谢弗采取了多场次的方法来组织戏剧，因此，在戏剧的时间与空间方面具有多重并置等特点。这一切，都显示出彼得·谢弗剧作独特的结构，这也是其总体戏剧观念中剧本结构特性的一个体现。

叙事者是指叙述（故事）的人（the one who narrates）①。戏剧舞台上最早出现叙事者始于古希腊时代，当时舞台上只有数量稀少的三名演员，这三名演员要扮演剧作中的各类角色，而且按照当时古希腊戏剧的规定，暴力、血腥等场面是不能呈现于舞台之上的，因此，为了保持故事的流畅，有些剧情是通过歌队叙述出来的，此外，歌队还有评论、抒情等作用。古希腊戏剧之后，舞台上的演员数量逐渐增多，歌队也逐渐退出戏剧舞台，此后的戏剧舞台上很少有叙事者出现。直到莎士比亚的戏中，有的演员在戏剧的开始或者结束时会对全剧做介绍或评论，因此叙事者的形象再次出现在了戏剧舞台上。但直到20世纪布莱希特的戏剧才真正将叙事者的功能发扬光大。他将自己的戏剧及理论命名为"叙事体"，叙事者作为戏剧表演的重要人物登上舞台，与古希腊戏剧中具有一定叙事功能的歌队不同，布莱希特戏剧中的叙事者既是剧中的一个角色，同时又游离于戏剧之外进行评论，因此演员表演人物时要保持"双重形象"。

彼得·谢弗的几部剧作都出现了叙事者的形象，老年马丁、狄萨特、萨列瑞和约拿达以他们的视角构建起《皇家太阳猎队》《伊库斯》《上帝的宠儿》以及《约

---

① Gerald Prince, *Dictionary of Narratology*, Lincoln & London: U of Nebraska, 2003, p.66.

拿达》这几部戏。从这几部戏剧作品看,剧作家对叙事者的选择值得我们注意。其成名作、也是最早有叙事者登场的戏剧作品《皇家太阳猎队》中,承担叙事功能的是老年马丁,这是剧中人少年马丁年老的形象,不同于彼得·谢弗的后期剧作,这部戏剧中的叙事者并不是剧中的角色,他仅仅具有单一的叙事功能,并不参与剧情的发展,他在剧中的功能仅仅局限于叙事也就是补充剧情、评论等。在戏剧表演中参与演出的是由另一位演员扮演的少年马丁。老年马丁与少年马丁在剧中有不同的任务,而这两个人物的设置带给我们一种历史感,当少年马丁进入剧情的时候,他将我们引入16世纪那场惊心动魄的战争中;而当老年马丁出现时,又将观众拉回现实,叙事者的出现使得观众能够迅速的跳入跳出,从而实现了布莱希特的间离效果。老年马丁在剧中是第一人称叙事者,全剧是在他的回忆中展开的,他的叙述也奠定了全剧的基调:"这是一个关于毁灭的故事,关于毁灭和黄金。"[①] 与《伊库斯》和《上帝的宠儿》相同的是,这部戏剧也是回忆剧,全部剧情由马丁的回忆构成,剧情内容也就是马丁回忆的内容。后两部剧作创作于20世纪70年代,担任剧作中叙事者的分别是医生狄萨特和乐师萨列瑞,他们除了承担叙事、评论等作用

---

① 汪义群主编:《西方现代戏剧流派作品选·第四卷》,中国戏剧出版社2005年版,第642页。

外，同时也是剧中的角色，也就是说，他们不断地在叙事时空与戏剧时空中穿梭。而在《上帝的宠儿》一剧中，萨列瑞这个角色的设置非常巧妙，在剧中他其实具有三重身份。从形象上来说，全剧通过服装与化妆手段塑造出了老年萨列瑞和青年萨列瑞两个人物。老年萨列瑞在1823年的时空向观众讲述、评价，青年萨列瑞一方面是18世纪的一名乐师，与莫扎特、奥地利皇帝等人共同表演出莫扎特在世时的情景；同时，他又跳出戏剧表演向观众补充介绍剧情的进展，并对这一发展作出评论。

在叙事者的选择上，彼得·谢弗可谓独出心裁。这四部叙事剧中有三部都与伟大的人物或家族有关，《皇家太阳猎队》展示的是西班牙历史上著名的殖民者弗朗西斯科·皮萨罗征服印加帝国的情景；《上帝的宠儿》是有关音乐天才莫扎特与同侪萨列瑞的竞争故事，《约拿达》是犹太历史上大名鼎鼎的大卫王家族中发生的故事；《伊库斯》讲一个小男孩刺瞎了六匹马的眼睛的故事。从这四部叙事剧所关涉的戏剧情节来看，毫无疑问的戏剧主角应该是那些伟大的人物和那个作出惊人举动的小男孩，但是彼得·谢弗选择的叙事者却不是我们通常所认为的这些人。《皇家太阳猎队》通过老年马丁的叙述让我们了解了恢弘壮阔的西班牙殖民者与印加帝国之间发生的那一段历史，《上帝的宠儿》通过萨列瑞的叙述让我们知道了音乐天才莫扎特与萨列瑞之间的恩怨与竞争,《约拿达》通过约拿达之口使我们知道在显赫的犹太先祖大卫王家族中所发生的恩怨,在《伊库斯》中,我们通过治疗小男孩的医生狄萨特的视线弄清了究竟是什么原因使得一个年轻的孩子犯下了骇人听闻的罪行。彼得·谢弗在构建自己的戏剧时所选择的主角是那些伟人身边的人,这一点耐人寻味。通过这些在萨列瑞看来是庸人的眼睛,我们看到了那些"伟人"不为人知的一面。

历史上的弗朗西斯科·皮萨罗是著名的军事家、冒险家,他开启了西班牙征服美洲的历史,使得秘鲁的印加帝国灭亡。他两次出征印加帝国,在第二次征战时指挥180人征服了大约有600万人口的印加帝国,这可说是军事史上的奇迹。从皮萨罗的行为我们可以看出,他是一个英勇、有决心、聪明的人;从另一个方面来看,他贪婪、奸诈,为了霸占印加帝国的黄金而残忍的杀害了大量的印加民众和印加帝国的君主,即使在将印加帝国掌控之后,他也因为分赃不均的问题镇压了同伙的反叛并将之处死。无论是上述哪一种评价,皮萨罗的形象与彼得·谢弗塑造的都大为不同。戏中的皮萨罗勇敢然而并不坚定,他为自己没有信仰而感到难过。当他见到印加帝国的君主时,他为重拾信仰而内心雀跃,他并不想杀死阿塔瓦尔帕,但当印加君主被杀死并没有复活过来的时候,他内心的失落溢于言表。而这种情绪也感染了年少的马丁,以至于当马丁年老之后总结自己的一生时希望自己当年没有遇到皮萨罗。

历史上的莫扎特是个音乐天才,我们所了解到的一般是其极高的音乐天赋,但萨列瑞眼中的莫扎特完全不是这样。萨列瑞第一次见到莫扎特时他正和未婚妻在瓦尔斯塔登男爵夫人家中的图书室里胡闹,他的行为举止放荡不羁语言粗俗不堪,让人印象最为深刻的是他有一个习惯,"动不动就痉挛地咯咯尖笑——声音刺耳,状态幼稚"[①],这已成为他标志性的一个动作。萨列瑞认为他是一个"伤风败俗的娃娃"。然而,他一听到莫扎特的音乐却感到了莫大的痛苦。在莫扎特身上,他仿佛听到了上帝的声音。他无法理解在这样一个人的身上怎能有如此大的音乐能力。之后,他派风言和风语搜集莫扎特的乐谱,他完全没有料到,"这么个满嘴脏话的家伙居然能写出音乐来"。从萨列瑞的角度来看,他完全不懂人情世故,觐见德国皇帝约瑟夫时的夸张表现又让人感到尴尬。《后宫拐骗》首场演出中,莫扎特的穿着在萨列瑞看来是"比平常更恶俗不堪的",这倒是跟"花哨的"音乐很搭。在自己的生活方面,通过康斯坦茨之口,我们知道莫扎特跟自己的每一个女学生都上了床,甚至连萨列瑞的学生喀特丽娜·喀瓦烈瑞也是。总之,在萨列瑞的眼里,莫扎特的形象是如此不堪:"一肚子怨

---

① [英]莎士比亚等:《英若诚译名剧五种》,英若诚译,辽宁教育出版社2001年版,第543页。

言，见什么都撇嘴，自高自大，幼稚可笑的莫扎特——他一辈子也没为别人出过一点儿力！满嘴脏话的莫扎特，还有他那个爱打人屁股的老婆！"① 因此，萨列瑞认为，这样的人不配得到上帝的宠爱，不配拥有那么美妙的音乐。由此他开始反思起自己的生活，"难道莫扎特是好人？在艺术的熔炉里，好，不好，根本不起作用。"② 而他写的歌剧如《费加罗的婚礼》从世俗眼光来看也是粗俗、下流的，这种题材被当时的上层社会所不齿。这样粗俗、放荡的莫扎特形象与我们传统认知中的音乐神童形象大异其趣。

约拿达眼中的大卫王一家也与历史上所记载的不甚相同。在戏剧开始时作为叙事者的约拿达说，这是一个关于欺骗的故事，剧中的所有人都是骗人者，也是被骗者。古代以色列人之所以对唯一的上帝虔心敬奉并不是因为他们内心的信仰，仅仅是因为他们害怕大卫王的石头（大卫王会将所有异教徒用石头处死）。在这个显赫的家族中，兄弟、兄妹关系不和，父子之间也是矛盾重重。约拿达冷眼旁观这个家族中的爱恨情仇，我们也成了这段历史的见证者。这与我们熟知的那个以色列历史上伟大的英雄相去甚远。大卫王代替扫罗成为以色列历史上的第二个国王，尽管他也犯过错误，但一直

---

① [英]莎士比亚等：《英若诚译名剧五种》，英若诚译，辽宁教育出版社2001年版，第542页。
② 同上书，第544页。

被描述成是正直的国王、勇敢的战士，同时又是优秀的诗人和音乐家，他在位时期的以色列是个强盛的国家，此时上帝耶和华的信仰也得到了更广泛的传播。但在彼得·谢弗的戏剧中，大卫王家族中矛盾重重，大儿子按嫩（Amnon）与最受大卫王喜欢的三儿子押沙龙（Absalom）之间因为争夺大卫王的宠爱、因为大卫王的女儿他玛（Tamar）产生了尖锐的矛盾，与此相关，大卫王与自己的这几个孩子也有矛盾，总之，约拿达眼中的大卫王家族矛盾尖锐、复杂。

彼得·谢弗的戏剧通过舞台上的叙事者使我们看到了与以往经验中不同的这些伟人或英雄，他们生动、丰富，并非我们以往所了解到的单一、平面的人物形象，这说明彼得·谢弗塑造人物的功力，这是彼得·谢弗通过叙事者所搭建起来的叙事文本内容。在这些叙事者看来，这些伟大的人物或者英雄都是存在一系列问题的。彼得·谢弗通过他的叙事者之口颠覆了观众印象中的伟人形象，让观众进行思考。虽然彼得·谢弗剧作中的叙事者通过他们之口为我们建构了一个异于以往经验的舞台世界，但这些第一人称叙事者是否可靠呢？观众会完全相信彼得·谢弗剧中人物所讲述的故事吗？通过引进不可靠叙事者这个概念我们或许可以阐明这个问题。

不可靠叙事者的问题最早由美国芝加哥学派的布斯在《小说修辞学》中提出，他认为"当叙事者的言行与作品的规范(即隐含作者规范)一致时,叙事者是可靠的,反之是不可靠的"①,隐含作者是作者在创作作品时的"第二自我",规范即作品中人物、语气、技巧等各种成分中体现出来的作品的伦理、信念、情感、艺术等各方面的标准②。布斯认为的不可靠叙事或涉及故事事实,或涉及价值判断。布斯的学生费伦发展了布斯的理论,他将不可靠叙事的类型由两大类型发展到了三大类型或三大轴("事实/事件轴"、"价值/判断轴"和"知识/感知轴"),由此区分出不可靠叙事的六种亚类型:"错误报道""错误判断""错误解读"和"不充分报道""不充分判断""不充分解读"。③

我们用韦伦的理论来检视彼得·谢弗剧作中的叙事者,会发现他们既是第一人称叙事者又是剧中人物,也就是说他们承担着两种功能。当他们是第一人称叙事者的时候,大多通过回忆的形式来展开戏剧(约拿达例外),萨列瑞、马丁回忆往事的时候年事已高,他们回忆出的事件都是不完整的,因此留存在他们记忆中的

---

① Wayne Booth. *The Rhetoric of Fiction*, Chicago: University of Chicago Press, 1961, pp.158-159.
② 参见 Wayne Booth. *The Rhetoric of Fiction*, Chicago: University of Chicago Press, 1961, pp.73-74.
③ 参见 James Phelan and Mary Patricia Martin. The Lessons of "Weymouth": Homodiegesis, Unreliability, Ethics, and The Remains of the Day // David Herman. (eds). *Narratologies: New Perspectives on Narrative Perspective*. Columbus: The Ohio State University Press, 1999, pp.91-96 和 James Phelan. *Living to Tell about It*. Ithaca: Cornell University Press, 2005, pp.49-53.

事件的真实性是值得怀疑的。尤其是萨列瑞，他对莫扎特怀着深深的嫉妒心理，他始终弄不明白上帝为何偏爱莫扎特而对自己置之不理，全剧就是在萨列瑞这种强烈质疑的基础上展开的，因此，萨列瑞作为叙事者是不可靠的，也就是说，全剧以萨列瑞作为第一人称固定视角，受内聚焦叙事者视线的限制，萨列瑞在"事实/事件轴"上进行了不充分的报道，"价值/判断轴"上呈现出错误的判断，萨列瑞所描述的言之凿凿与观众所见、所思的差异，这两者之间产生的反讽效果形成一种独特的戏剧张力。该剧首演的导演彼得·霍尔在其日记中曾写道，"我认为非常重要的一点是我们不能完全通过萨列瑞的眼来展现整个故事，在观众所见与萨列瑞的描述之间有一种独特的张力，这是非常难达到的一种平衡。"[①] 与之类似，老年马丁也由于记忆的不准确为我们描绘出一个不完整、可堪怀疑的世界。正如另一位叙事学家纽宁所指出的，以回忆性质展开的戏剧，第一人称叙事者的可靠性都值得怀疑，"许多回忆录戏剧具有与这类叙述密切相关的不可靠叙述的几乎全部特征：它们所包含的第一人称说话者往往带有干扰视角、以自我为中心的人格、受质疑的价值体系，这些都会引起读者怀

---

① John Goodwin (eds). *Peter Hall's Diaries: the Story of a Dramatic Battle*. Oberon Books Ltd, 2000, p.465.

疑其叙述的准确性。"① 但如果从叙事者的角度来看,我们在他们身上看到了一种难以名状的悲凉,"他们所讲的故事不可能是事件的客观再现,但他们确确实实以一种非常真实的方式描绘了叙事者自己的种种幻觉和自欺。"② 彼得·谢弗的叙事者为自己构建出一个看似真实实则虚幻的世界,这些叙事者宁愿相信这个虚构的世界也不愿意接受现实世界的残酷无情。

在彼得·谢弗的剧作中,叙事者不仅深陷自己的回忆中无法自拔,他还通过与观众的交流希望观众也能理解自己的所作所为,与他一起进入这虚幻的世界中,因此,从功能上来说,彼得·谢弗剧作中的第一人称叙事者与观众进行了积极的交流,《上帝的宠儿》中的萨列瑞即是如此,与此同时,彼得·谢弗运用了许多手法来加强这种交流。

第一幕第二场老年萨列瑞向观众讲述着他对维也纳的感受、他害怕孤独一人听着那些造谣、诽谤的话,乞求与后世见面的时候,屋里的光线逐渐加强,最后全场一片光明,观众席大亮,配合着他的乞灵歌,此时的观众也纳入全剧之中,成为萨列瑞口中想要交流的后世者。随着萨列瑞独白的进行,灯光亮度达到顶点,并在

---

① 安斯嘉·努宁、罗伊·索默:《叙述式叙述与摹仿式叙述:对戏剧叙事学的进一步思考》,周靖波译,出自《大戏剧论坛》第5辑,中国传媒大学戏剧戏曲研究所编,中国传媒大学出版社2012年版,第215页。

② 同上书,第216页。

接下来的整段戏中都保持明亮。这种灯光安排将观众融入戏剧当中,在戏剧形式与内容上都具有创新性意义。

萨列瑞在第二幕最后一场戏中说完他的台词"所有的庸才们——在世的和未来的庸才们,我宽恕你们全体!阿门!"[1]之后向前伸出双臂,摆出一个衷心祝祷的姿势去拥抱全体观众,此时灯光全部消失,全剧在莫扎特的葬礼乐声中结束。在这个场景中,萨列瑞将全体观众作为庸才的代表,伸出双臂去拥抱这些如他一般的芸芸众生,这样更能获得观众的同情,从而引发观众的思索,增加了剧作的悲剧性。

彼得·霍尔在其日记中认为,萨列瑞与观众的交流营造出一种观众好像是他的亲密朋友的氛围,电影版本的《上帝的宠儿》中,因为没有观众的存在,所以只好安排了一个牧师倾听萨列瑞说话,牧师起到了话剧中观众的作用。但是,这个牧师表演的分寸是很难拿捏的,他既要对萨列瑞说的话做出反应,同时又不能演得太过抢走萨列瑞的戏份,这是电影中很难把握好的一点。由此可见彼得·谢弗的戏剧剧本所具有的优势。

---

[1] [英]莎士比亚等:《英若诚译名剧五种》,英若诚译,辽宁教育出版社2001年版,第601页。

第二节 场面化：自由的叙事

彼得·谢弗早期剧作以独幕剧居多，《五指练习曲》有两幕，《忏悔之屋》《莱蒂斯与拉维纪草》《戈尔贡的礼物》皆为三幕剧作，但分场也不多。在他中期的几部叙事体剧作中，虽然皆为两幕，但是场次很多，《皇家太阳猎队》共两幕二十四场，《伊库斯》两幕三十五场，《上帝的宠儿》两幕三十一场，《约拿达》也有两幕二十二场。

在《上帝的宠儿》这部剧作中，全剧的地点转换非常自由、流畅，全剧共有两幕三十一场，这些场景发生的时间与地点分别是：

第一幕第一场：1823 年 11 月的维也纳；

第二场：1823 年 11 月的萨列瑞的住处；

第三场转到 18 世纪；

第四场：18 世纪的舍恩勃鲁恩宫；

第五场：18 世纪的瓦尔德施泰德滕男爵夫人的书房；

第六场：18 世纪的萨列瑞的家中；

第七场：18 世纪的舍恩勃鲁恩宫；

第八场：18 世纪的《后宫诱逃》首次演出的剧场；

第九场：18 世纪的歌咏团指挥波诺的客厅；

第十场：18世纪的瓦尔德施泰德滕书房；

第十一场：18世纪的萨列瑞宅中；

第十二场：18世纪的萨列瑞宅中；

第二幕第一场：1823年11月的萨列瑞宅中；

第二场：18世纪的维也纳和一瞥而过的几家歌剧院；

第三场：18世纪的萨列瑞宅中；

第四场：18世纪的一个幽暗的剧场；

第五场：18世纪的剧场；

第六场：18世纪的《费加罗的婚礼》的首次演出的剧场；

第七场：18世纪的瓦尔德施泰德滕的书房；

第八场：18世纪的维也纳和一家歌剧院；

第九场：18世纪的舍恩勃鲁恩宫；

第十场：18世纪的波拉特尔酒店；

第十一场：18世纪的共济会会所；

第十二场：18世纪的莫扎特的住处；

第十三、十四、十五、十六、十七场：18世纪的莫扎特最后的住处；

第十八场：18世纪的维也纳；

第十九场：1823年11月的萨列瑞宅中。

全剧的场次非常多，展现了音乐天才莫扎特与其同时代的宫廷乐师萨列瑞的一生，通过他们的故事又展示出18世纪奥地利的奢华宫廷以及民众对歌剧的热情，可以说全剧的信息含量非常大。戏剧是非常受时间、空间所限的一种艺术形式，如何用戏剧传达出这些信息，在这方面，彼得·谢弗的《上帝的宠儿》树立了非常好的典型。分析这部剧作，彼得·谢弗选择通过萨列瑞之口将戏剧内容展现出来，这就避免了戏剧叙事方面的杂乱；与之相适应，在时间的选取上，这部剧作也只选取了两个时间段，即萨列瑞晚年的1823年以及莫扎特和萨列瑞共同生活过的18世纪，全剧表现的重点是18世纪的情景；地点方面，虽然全剧发生的地点也非常多，但仔细归纳起来主要是这几个地方：1823年11月的维也纳与萨列瑞的住处，18世纪的奥地利皇宫、一个书房、一个客厅、萨列瑞的家、莫扎特的住处、一个酒店、共济会会所以及几个剧场。由于全场布景采用写意的方法，充分利用戏剧的假定性，靠着观众的想象，并用灯光、布景等密切配合，这部戏剧非常顺利地实现了场面的切换。

在场面众多的情况下戏剧容易陷入平铺直叙，而观众的注意力也易被过多的枝节分散，戏剧节奏有可能拖沓、冗长，从而导致整部戏剧的失败。彼得·谢弗在分场众多的情况下为保持戏剧节奏的明快、流畅采取了许多方法，首先，在同一个舞台上可以采用明暗场，这样既保证了明场中戏剧内容的表现，暗场中的演员暂时具有了观众的职能，同时演员在暗场候场可以迅速的在有戏份时进入明场表演，保证了戏剧场面转换迅速、流畅，从而保证了戏剧节奏。《上帝的宠儿》即多次运用了这种手法。如第二幕第四场萨列瑞与内侍大臣施特拉克、皇家歌剧院指挥罗森贝格非常痛恨莫扎特的《费加罗的婚礼》完成，萨列瑞心生一计交代罗森贝格如何将莫扎特置于困难的处境，而他自己与施特拉克走向舞台后部，等待着这场好戏的上演。接下来，第五场，萨列瑞的计谋付诸实施，原来他与罗森贝格合谋以皇帝规定在歌剧中禁止表演芭蕾舞为由，强制要求莫扎特删去其歌剧中的芭蕾舞片段，从而造成剧情的不完整，使莫扎特无计可施。当他们的计谋得逞后，萨列瑞与施特拉克从舞台后部走出，萨列瑞还装模作样的表示可以替莫扎特向皇帝求情。而皇帝不知何故真的来看《费加罗的婚礼》的彩排时，此时依然还在舞台上的几位大臣迅速地转入下一场戏的演出了。可以说，当时在舞台后部的萨列瑞和施特拉克在暗场中颇有期待好戏上演的心态，他们终于如愿以偿之后的表现也可以随时被观众了解、发现。再如第二幕第十二场莫扎特在共济会会所乞求凡·斯维滕帮助时，萨列瑞与风言、风语也在暗场中注视着，莫扎特失望而归之后，他们就来补充莫扎特寻求帮助的结果了。有时候明场戏也会运用虚化的表演方式，比如《约拿达》中采用了投影。《约拿达》中约拿达具有叙事者与戏剧参与者双重身份，在戏剧中他经常处于暗场，观察着明场中戏剧的进程，然后对戏剧情节进行补充、评论。第一幕第七场按嫩因垂涎他玛的美色以生病为由将她骗到自己的住处，然后他按动了一根与遮篷相连的线将自己的床用层层白色帷幔遮住。于是，按嫩强暴他玛的场面实际上变成了一场投影，他们的身体在白色帷幔上显出影子：巨大的黑色身形由于灯光的照射角度而有些变形。于是在整个过程中他们表演出一系列抽象而又奇怪的形状，一种神秘的好像只有一些轮廓的形态。因此明场戏中的强暴场面表演完毕之后，本来想亲眼目睹这一过程的约拿达格外愤怒，他从暗场中走出对观众说，这一晚上他看到的只有一些影子，这比看到真正的身体令人恐怖多了。

其次，彼得·谢弗还采取了两个光区同时表演一个戏剧内容，两部分结合共同构成一个戏剧情境的方法。如在《戈尔贡的礼物》开场时，舞台上出现两个表演区，海伦站在书桌旁读菲利普的信，而此时菲利普在舞台前部灯光区域紧张地将自己写的信的内容念出来。接着，菲利普坐下读海伦的回信，信的内容同样由海伦读出来，如此反复几次，通过直观的表演，观众能够迅速的了解剧情前史，进入戏剧情境，为戏剧的进一步展开奠定基础。而回忆中的事也可以由表演者即时的表演出来，如《伊库斯》中艾伦的父亲弗兰克向狄萨特讲述艾伦在房间内抽打自己的情况时，艾伦便走向舞台上的另一个木台将弗兰克描述的场景表演出来，这可以说弗兰克的回忆内容由艾伦表演出来，为这段回忆中的往事增加了直观性。

第三节 戏剧时空：多重并置

传统戏剧中，"空间"一词具有三重含义。首先，从最大范围来看，戏剧演出都要在一个场所即剧院中进行，因此，戏剧空间首先具有"剧院"一层含义；其次，戏剧都要在一个具体的舞台上演出，这是戏剧演给观众看的平台；最后，戏剧作品中所展现的空间是戏剧本身建构的特定空间，它由剧作家创作出来，是戏剧中人物生活于其中的空间。从历史上来看，古希腊戏剧在半圆形的天然剧场中上演，彼时剧作中所表演出来的空间是明确的、固定的，此后西方戏剧发展中逐渐出现了室内剧场，戏剧演出也大多采用镜框式舞台，剧作中表现出来的空间大多为写实主义的具象空间。但随着19世纪末20世纪初现代主义的发展，戏剧空间开拓出新的道路，空间样式呈现出多样化。

彼得·谢弗的许多写实主义戏剧的时空安排都是非常传统的手法，从时间上来说，一般都是按照线性时间顺序来组织；从空间上来说，也是营造第四堵墙内的幻觉空间。但在他中后期的几部剧作中，戏剧的时空处理方式比较复杂。

《五指练习曲》所发生的空间是哈林顿夫妇的乡间别墅。这所别墅具有多层结构：起居室、大厅、过道、哈林顿夫妇的女儿帕梅拉上课的教室,戏剧发生在这些具体的物理空间中。与之类似,《私人之耳》发生在鲍勃的公寓内;《公共之眼》发生在查尔斯的办公室内;《善意的说谎者》发生在索菲亚的会客室内;《莱蒂斯与拉维纪草》的剧情发生于福斯汀公寓的大厅内和莱蒂斯的公寓内;《黑暗中的喜剧》是在布林斯利公寓内。总之,由于这些剧作采用写实主义的创作手法,其剧情发生的地点都是具体可感的,因此在布景上必然追求形象逼真,从而为观者营造出一种第四堵墙内的幻觉性空间。

从时间上来考察,由于彼得·谢弗中后期的几部剧作大部分都是以剧中人物的回忆为主线,因此戏剧会在过去与现在的时间中跳跃,整体上来说戏剧并不是按照线性时间的流动顺序组织的。但是,当戏剧进入人物的回忆过程中,特别是《上帝的宠儿》萨列瑞进入年轻时代回忆自己与莫扎特的生活时,戏剧时间基本按照萨列瑞印象中的时间先后顺序展开,因此,在某一段恒定的时间内,彼得·谢弗的剧作又可以说是按照时间的流逝组织戏剧情节。考察这些戏剧的时间变化,我们看到全剧所表现出的线性的非线性时间这一规律。

从空间上来说,由于彼得·谢弗叙事剧中大部分都是回忆的,因此,空间的转换基本随着回忆主角的心理时间变化而变化。在这几部剧作中,场景的转换很频繁,或为18世纪的维也纳歌剧院、莫扎特的住宅,或为1823年的萨列瑞住宅；也可能是狄萨特的诊所，或艾伦的家里。总之，空间的种类以及转换很多样。

我们将戏剧的时间与空间要素放在一起才能构成一个完整的时空结构。在时空处理上，彼得·谢弗剧作呈现出立体复合、多层次的特征。在这几部剧作中，一般都存在着两层或者三层时空。如在《皇家太阳猎队》中，老年马丁与观众的交流发生于现在的叙事时空，老年马丁回忆的内容构成过去时空；从类别上来说，现在的时空基本是以叙事为主，过去时空则由少年马丁等人的表演展示构成。《伊库斯》与《皇家太阳猎队》相比又增加了一层时空，狄萨特与观众的叙事时空、狄萨特回忆中的治疗艾伦的时空、治疗过程中艾伦等人的回忆又构成一个时空，其中第一个为叙事时空，后两个时空以表演展示为主。《上帝的宠儿》有两层时空：1823年萨列瑞家里的叙事与展示时空，18世纪奥地利的叙事与展示时空。《约拿达》有两层时空：现在的叙事时空，公元前1000年前耶路撒冷大卫王家族的展示时空。《戈尔贡的礼物》则呈现出现在的展示时空、海伦回忆的展示时空、爱德华剧作片段的展示时空这样三个时空层次。在这些时空中，叙事者可以横跨几个时空，既可以在现在时空中向观众评论、介绍、补充剧情，又可以在过去时空中出现，具有将这些时空串联起来的作用。

《戈尔贡的礼物》中，全剧共有三个时空形态，戏剧开始时时事评论员正在播报戏剧家爱德华·戴蒙森去世的消息，此时，舞台上表演出菲利普与海伦通信的情景，然后，菲利普出现在海伦的家里，围绕着是否允许菲利普为自己的父亲写自传这一问题，两人发生了争执。直至最后海伦答应了菲利普的这一要求，条件是海伦将向他讲述他父亲的故事，而不管他听到什么，他都必须在他父亲的那张桌子上完成他父亲的自传。第一幕第二场海伦开始讲述他与爱德华相遇的场景，这些场景通过演员在场上表演出来；与此同时，舞台上并非只有过去这一个时空，海伦与菲利普也在进行交谈，他们的谈话对过去时空发生的事情起着补充、评论的作用。海伦贯穿过去与现在两个时空。比如舞台上正在表演爱德华与海伦在剑桥相遇后，爱德华邀请海伦去自己的公寓喝一杯，海伦礼貌地拒绝了。此时现在时空中的菲利普补充道，"但你还是去了？"海伦转而对菲利普描述她所见到的爱德华的房间内的情景：一间让人感到窒息的小屋——煤气、到处都是论文；一张没有整理过的床，一把椅子占据了房间的大部分空间。接下来，灯光变得柔和起来，海伦与爱德华继续表演他们在房间里谈话的场景，他们谈论对戏剧、对复仇等的看法。海伦和菲利普也时不时的对话，对过去时空中表演出来的海伦与爱德华的故事进行评论。随着海伦向菲利普讲述她与爱德华的故事的进行，戏剧舞台上以过去时空中发生的事情为主，兼以现在时空中菲利普与海伦的对话、评论。至

第二幕在写戏的问题上，爱德华与海伦出现分歧后，爱德华留给海伦一个纸条，而这个纸条是一场关于阿西娜女神与帕修斯王子的戏，这场戏是爱德华与海伦的写照。这场戏也表演了出来，舞台上出现神话世界中的时空：帕修斯向阿西娜祈求帮助，因为自己曾经发誓要杀死戈尔贡，但他又怕被戈尔贡变为石头，于是阿西娜赐予他几件礼物帮助他完成这一任务，条件是她要戈尔贡的头。然后，这场戏演完，菲利普与海伦谈论爱德华写这场戏的目的。舞台上不断地变换出现这样几个时空，忽而是现在时空中的菲利普与海伦，忽而是过去时空中爱德华与海伦相处的情景，此外，还有爱德华剧本中的时空再现：起先是帕修斯王子与阿西娜女神的场景，接下来还出现了伊琳娜女皇与其子君士坦丁六世的场景、克伦威尔死后头颅被悬挂起来的场景。有时舞台上会出现三个时空并置的情形，而这三个时空之间并非截然分立，有时人物同时出现在两个或者三个时空中，如在此剧中的海伦与菲利普，他们两人成为贯穿全剧三个时空的人物。

在彼得·谢弗的时空建构中，我们尤其应该注意的是他对剧中人心理时空的展示，这归功于彼得·谢弗独特的心理外化表现手法，这通常体现为人物的回忆、梦境等。用戏剧的手法将剧作中人物的心理表现出来并不鲜见，但彼得·谢弗通过独特的舞台手法将人物心理表现得令人感到震撼。

在彼得·谢弗最著名的几部叙事体戏剧中，全剧通过叙事者的叙述以及舞台表演将叙事者回忆中的场景展现出来，也就是说，舞台上表演出来的场景其实也是叙事者回忆中的场景再现，而在这种场景再现中又出现过去事件时就会出现"回忆中的回忆"的场景，而此种回忆中的回忆也在舞台上表现出来，于是出现回忆的层叠现象，这些不同层次的回忆有时同时出现在舞台上不同的表演区域中，而回忆中的人也能够穿越不同的区域，发生"越界"的情况。如《伊库斯》全剧是狄萨特通过回忆展开的，因此他给艾伦治病是狄萨特回忆中的往事，这是全剧的第一层回忆。在治病的过程中狄萨特让艾伦回忆他与马的亲密接触，此时舞台上的表现手法是由狄萨特和艾伦的叙述渐渐转化为艾伦与当年的骑师、艾伦的父母共同表演出来，这是第二层回忆；此时的狄萨特时不时的插入几个问题，艾伦也回应着他。艾伦是同时存在于这两层回忆中的人。当狄萨特一次次要求艾伦回忆往事的时候，可以说艾伦的回忆嵌套在狄萨特的回忆中，构成两层回忆。彼得·谢弗剧作中多次运用这种手法，这增强了戏剧的可看性与直观性，同时在相同的时间内增加了舞台表现的内容。出现越界的情况说明舞台上的表演是对过去的回忆，清晰的表现出心理时空中的回忆特质。

狄萨特回忆自己在遇到艾伦的晚上做了一个梦，梦中自己变成了一个希腊的主祭司，戴着一个金色面具，挥刀砍向一群儿童。这清晰地反映出了狄萨特的内心世界，具有隐喻性意义。狄萨特所戴的面具，正是荣格所讲的"人格面具"（the persona）。人格面具与演员在戏剧中为扮演角色而戴的面具类似，它保证人在社会中可以扮演某种形象，这是人类集体无意识中非常重要的一种顺从原型（conformity archetype）。在梦中狄萨特开始感到恶心，面具开始滑落，这说明他对人格面具越来越不适应，他内心的"阴影"原型渴望挣脱人格面具的压制。"阴影比任何其他原型都更多地容纳着人的最基本的动物性。由于阴影在人类进化史中具有极其深远的根基，它很可能是一切原型中最强大最危险的一个。它是人身上所有那些最好和最坏的东西的发源地"[①]。由于平时有一个强有力的人格面具压抑着阴影的显现，所以狄萨特成为表面上温文尔雅的成功人士，但他也为此付出了巨大的代价，"他削弱了他的自然活力和创造精神，削弱了自己强烈的情感和深邃的直觉。他使自己丧失了本源于本能天性的智慧"[②]。正因如此，狄萨特在治疗艾伦的过程中羡慕有活力的艾伦。但艾伦也是有问题的，因为他的阴影原型突破了人格面具的压制作用，其中恶的因素过于膨胀，导致了惨剧的发生，这是作为医生的狄萨特没有也不愿承认的一点。从《伊库斯》所展现出

---

① ［美］霍尔等：《荣格心理学入门》，冯川译，生活·读书·新知三联书店1987年版，第56页。
② 同上书，第57页。

的心理时空中可以看出，人格诸结构间存在着各种对抗，比如人格面具与阴影的冲突。如果一个人的人格可以承受这些冲突，他将会获得生活的动力，反之则会导致人格的崩溃，严重者会陷入疯狂之中。从这个意义上说，彼得·谢弗通过他的剧作中的人物的心理空间所展示出来的这些人的人格很多都是有问题的，彼得·谢弗通过这种回忆层叠的时空展示方式将现代社会中人的悲剧性处境展现出来。

第四节 选材：历史化与新奇化

布莱希特认为，戏剧题材取自历史或异域，能使观众觉得陌生，即使是取自日常生活中的题材，他认为，也要经过一个"认识—不认识—达到新的认识"的阶段，这样才能更好地达到陌生化的效果。他的《四川好人》以中国的四川为戏剧发生的背景，《高加索灰阑记》由中国传统戏曲中的《包待制智勘灰阑记》改编而来，《伽利略传》关注的是16—17世纪的物理学家伽利略，《大胆妈妈和她的孩子们》则以德国17世纪的三十年战争为背景，总之，这种题材的选择使得他的戏剧最大程度上保证了间离效果的实现。布莱希特认为，陌生化就是历史化，亦即说，把这些事件和人物作为历史的，暂时的，去表现。① 与之类似，彼得·谢弗的剧作选题也是如此。他的《皇家太阳猎队》取材于16世纪西班牙人皮萨罗征服印加帝国的历史，《上帝的宠儿》的背景则是18世纪的欧洲，全剧围绕着音乐家莫扎特与萨列瑞两人展开，《约拿达》发生的时间是公元前，聚焦于大卫王家族中的纠葛。

彼得·谢弗剧作在时间、时代的选择方面颇为独特，他们大都体现出历史化与新奇化的特点。彼得·谢弗的剧作中，大多数时间上并没有明确的所指，发生于古代某时期的戏剧作品呈现出一种历史的纵深感，发生于现代的作品也给人一种耳目一新的感觉。不管怎样，从选材上来看，彼得·谢弗的作品具有历史化与新奇化的特点。

彼得·谢弗的作品取材非常广泛，但无论何种题材，在彼得·谢弗的笔下都能引人入胜，让人感到震撼或者令人感到好玩。拿他最著名的三部剧作来说，《伊库斯》取材于当时发生的一个离奇的案件，《皇家太阳猎队》取材于历史事件，《上帝的宠儿》取材于莫扎特的传记和关于他的传闻，其他的剧作有取材于《圣经》故事的，有受中国戏曲启发创作的，有在侦探小说的基础上构思而成的。无论什么题材无论什么普通的事件到

---

① ［德］布莱希特：《论实验戏剧》，丁扬忠译，出自《布莱希特论戏剧》，中国戏剧出版社1990年版，第63页。

了他的手上都能焕发出别样的光彩。

彼得·谢弗《五指练习曲》的大部分情节来源于屠格涅夫（Turgenev）的《乡间一月》（*A Month in the Country*），但彼得·谢弗的剧作更平实、更集中于家庭生活，在高潮处更夸张一些。屠格涅夫的戏发生于19世纪40年代的贵族庄园。任性的佩特罗夫纳嫁给了一个富有的地主伊斯拉耶夫，但婚后生活非常无聊，于是，她请来了自己的仰慕者拉基京。21岁的大学生别利亚耶夫来到这个庄园充当佩特罗夫纳的儿子科里亚的家庭教师。他仿佛一股风吹皱这一池春水。佩特罗夫纳爱上了这个年轻英俊的家庭教师，而她的养女阿列克桑德罗芙娜亦是如此。拉基京心中颇为不悦。随着别利亚耶夫与阿列克桑德罗芙娜的关系走近，误会开始产生。"母"与"女"之间展开了一场较量，佩特罗夫纳强迫自己的养女嫁给一个有钱的年老的邻居。最后拉基京和别利亚耶夫都被迫离开，阿列克桑德罗芙娜在一气之下也答应嫁给那个老地主。全剧分为五幕，屠格涅夫重在刻画人物的内心，虽然他们表面上看起来波澜不惊，但内心却是波澜起伏。《村居一月》是屠格涅夫极为重视的一部剧作，为了这部剧作能够发表，作者曾修改数次。但作者自己也认为，这部剧作不适合上演，其首演以失败而告终。首演七年之后这部剧作才再次被搬上舞台并取得了成功。但在这之后的搬演鲜有成功，直到1909年斯坦尼斯拉夫斯基导演并亲自出演之后，它成为俄罗斯舞台上经常被上演的作品。与之相比,彼得·谢弗的《五指练习曲》分为两幕,人物之间的关系更紧凑,关系更为复杂,冲突更为激烈,以人物自杀来结尾,舞台效果更为震撼。

《五指练习曲》讲述了这样一个故事,德国学生瓦特在哈林顿家里做家庭教师,哈林顿一家是典型的英国中产阶级家庭,瓦特的学生是他们14岁的女儿帕梅拉。刚开始,他与这一家人相处融洽,但随着时间的推移,各种矛盾与问题也接连出现。在这个家庭里,似乎每个人都与他人有矛盾。比如说哈林顿夫妇,他们两人本来就有很多的差异,一个是世俗的商人,而另外一个则是热爱艺术、自认为出身高贵的人,而这也正是他们相互看不上对方的原因。除却家长之间的矛盾,父母与孩子之间也有各种分歧。处于青春期的儿子克莱夫本来就与父母的关系紧张,瓦特的到来让他觉得父母尤其是母亲关注的焦点都放在了这个外来者身上,这引起他极大的不满与嫉妒,于是他向父亲捏造瓦特与母亲有不正当关系,妄图将瓦特逐出家门。原本平静的家庭生活波澜不断。而瓦特本人也有着秘密,他并非如自己所说的那样父母双亡,其实他的父母都健在,只是父亲是一个纳粹分子,母亲又对父亲有着绝对崇拜,不喜欢这种家庭环境的瓦特离家出走,希望能融入哈林顿一家中,开始自己在英国的美好生活。但是,他不幸地成为了哈林顿家庭矛盾的牺牲者,成为他们的替罪羊,他被解雇了,这样就无法拿到英国国籍从而如自己所愿在英国开心地生活下去。梦想破灭的他企图自杀。

曾有人问彼得·谢弗这部戏是否是他家庭生活的真实写照,彼得·谢弗巧妙地回答了这个问题,给出了既是又不是的回答,"所有的艺术都是自传的,因为它涉及个人经验……青春期的折磨贯穿于所有的戏剧中,正如在某种死亡面前必然有的悲观主义。这些紧张与困扰是自传性质的。当然他们以故事、神话的形式出现。这就是戏剧……正如人所说,C大调可以写出许多曲子。许多戏剧是写起居室内发生的事。至于说这种形式过时了,我觉得是的。但《愤怒的回顾》就正是这样一部形式上过时的戏。不管怎样,形式是由内容决定的……紧追潮流是一场可怕的竞赛。潮流意识是肤浅的。我非常感激这两部戏所给予我的训练(《五指练习曲》和"双剧目")。我学会了如何讲故事、塑造人物、设计出受人欢迎的开头与结局。我获得了一种技巧容许我代替越来越伟大,越来越印象主义的戏剧。"①

双剧目《公共之眼》与《私人之耳》中,更好看的后一个剧目,与莫提默(Mortimer)的《我看见》(*I Spy*)很像,这也是关于一个侦探与被他跟踪调查的一个女子发展了一段关系的戏。谢弗的侦探虽不太现实但更欢闹,

---

① Virginia Cooke and Malcolm Page compiled. *File on Shaffer*.Methuen: London and New York, 1987, p.82.

使整部戏由开始时的轻松表演剧提升了一个档次。①

在剧作前面的说明处，彼得·谢弗讲述了《伊库斯》的来源："两年前的一个周末，我与朋友驱车至一个荒凉的乡村。我们路过一个马厩。忽然他想起了一件最近在伦敦的一个晚宴上听到的骇人听闻的犯罪案件。他只记得一个可怕的细节，而他全部的描述仅仅持续了一分钟——但这足够引起我强烈的兴趣。这件事情发生在几年前，由一个极度困扰的年轻人所犯。这极大的震惊了一个地方法官。最终，这件事没有一个合乎逻辑的解释。几个月后我的朋友死了。我无法证实他所说的，也无法要求他详细说明这件事。他没有跟我说过姓名、地方和时间。我认为他不知道这些。我所知道的就是他说了这件可怕的事，以及这件事所带给我的强烈的感觉。我非常强烈的感到我想用自己的方式把这件事重新演绎出来。我不得不创造一个精神世界使这种行为变得可以理解。"②原本这只是一个听来的关于杀戮的可怕故事，但彼得·谢弗把它编织为一部戏剧，并采用了叙事者，由他直接对观众讲话、提问，戏剧的主题已经不再是关于杀戮，我们通过狄萨特的引导想要了解造成这一事件的原因是什么，以及这一事件对狄萨特、对我们每一个

---

① 参见 Hayman, Ronald. *British Theatre Since 1955: A Reassessment*. New York: Oxford University Press, 1979, p.52.
② Peter Shaffer. *Three Plays: Five Finger Exercise*、*Shrivings*、*Equus*. Penguin Books Ltd, 1972, p.201.

人造成怎样的影响。他促使我们反思自己的生活,反思我们所处的这个时代。

《上帝的宠儿》受普希金(Aleksandr Pushkin)写的一部短剧《莫扎特与萨列瑞》的启发,普希金的剧作后来还被尼古莱(Nikolai Rimsky-Korsakov)改编为同名歌剧,这两部剧作都写于19世纪。彼得·谢弗的作品,不同于一般的讲述莫扎特生平的传记剧作,他融入了很多虚构的成分,由萨列瑞作为叙事者讲述出来,引发观众对于天才以及与天才同时代的平常人的命运的关注。史实抑或虚构?彼得·谢弗的剧作也引发了一段公案。据说,有人看过戏剧之后,对彼得·谢弗的处理很不满意,甚至要与谢弗对簿公堂,孰料最近几年的新材料的发现,说明莫扎特确实在某种程度上是个行为放荡、举止粗俗的人,这段公案算是有了一个交代。

正如丹尼斯·克雷恩(Dennis A. Klein)所指出的,彼得·谢弗的剧作能够成功的一个很大的原因是他能用实时的与引起争议的主题使观众感到兴奋。20世纪50年代的时候,他在《五指练习曲》中编写的同性恋情节在当时是一个禁忌。70年代的和平运动时期,他写出了《忏悔屋之战》(*The Battle of Shrivings*)。而当巴勒斯坦出现在新闻中的时候,彼得·谢弗拿出了《约拿达》,将犹太人描绘为早期人类的压迫者。[①] 除此之

---

① Dennis A. Klein. *Peter Shaffer Revised Edition*. Twayne Publishers: New York, 1993, p.234.

外,他的《戈尔贡的礼物》写作的年代是西方世界对恐怖主义进行热烈讨论的时代。彼得·谢弗并不是那种盲目跟风的剧作家,时效性的题材确实能引发观众观看的兴趣,但这只是彼得·谢弗能够取得成功的一个前提条件。彼得·谢弗总有一种化腐朽为神奇的能力,即使普通题材的故事到了他的手上也能成为绝妙的戏剧作品。

在此基础上,彼得·谢弗运用高超的编剧技巧,用这些题材编织出引人入胜的戏剧,这才是他的剧作能够取得巨大成功的关键。剧作时间的选择与剧作技巧的成功运用,使得彼得·谢弗的剧作有了巨大的影响力,而他在剧作时间上历史化与新奇化的特点,并不是要引起莫名的新奇感,而是体现出其戏剧内容的普适性,这一点在其剧作人物与文化意蕴中体现出来。

第四章

彼得·谢弗总体戏剧之人物塑造
——以"父亲"形象为例

> 彼得·谢弗的剧作不仅重视各种剧场要素,注重戏剧的舞台呈现效果与直观感受倾向,他对剧作内容与精神旨归也是有一定追求的。正如阿尔托在其总体戏剧观中强调对戏剧形而上意义的追寻,彼得·谢弗通过他的剧作内容也实现了对人类存在意义的探寻。在其剧作内容的表达尤其是人物形象的塑造上,我们看出彼得·谢弗这种探寻的努力。

彼得·谢弗的剧作中塑造了各式各样的人物形象，而在这些人物形象中，"父亲"具有举足轻重的作用。通过考察他的剧作，我们发现，剧作家塑造了三重意义上的父亲，一为剧中人生理意义上的父亲，他们虚伪、自私、不负责任，在家中拥有绝对权威或有巨大影响力，然而与孩子、妻子的关系紧张，这隐喻了西方传统文化虽对当今有影响却也面临各种问题，即使在他们死后对孩子也有着巨大的影响力，但是父子关系在最后大多走向和解；二为剧中人精神意义上的父亲即"教父"，他们在表面上是社会成功人士，实则有着各种问题，他们脱胎于传统社会的泥淖中，已经意识到传统社会与文化的种种危机，因此不愿意或不能做一个"父亲"，其"教子"的出现，引发了他们强烈的精神危机，他们注视着新力量的成长，欣赏后者身上那股原初的生命力与热情，认同他的世界并心向往之，渴望自己也能获得那种力量，但由于各方面的原因，他却将"教子"杀死或从精神上毁灭，自己也在精神上死亡；还有一种"父亲"，是剧中大部分人缺失并在寻找的父亲——文化、形而上意义上的父亲，这是西方世界面临精神危机而寻求庇护的象征，他或为"上帝"或为一种新的信仰，是剧中人得救的希望，人类的精神支柱，但终究寻而不得。通过对这三种父亲形象的塑造，彼得·谢弗构筑起剧作多层次的内涵，但三种或潜在或缺失的父亲形象的崩塌，预示着西方世界面临的问题以及剧中人注定的悲剧。

第一节 生父：存在或潜在的权威

《伊库斯》一剧中主要出现的父亲形象是艾伦的父亲弗兰克，还有另外一个虽没出现但剧中人略有提起的基尔的父亲，他在剧中虽没有露面，但却对基尔一家以及戏剧的进程有着重大的影响。

在《伊库斯》一剧中，艾伦的父亲弗兰克是个印刷工人，他与艾伦的母亲多拉有着不同的信仰，在教育艾伦的问题上也有不同的观点。他不让艾伦看电视，"他讨厌电视"，认为"那是一种危险的麻醉剂"。之后，这一观点在弗兰克与多拉的对话中更深刻地表达出来：

弗兰克 （对艾伦） 那玩艺儿看上去可能不像我说的那样糟糕，可它就是那么回事。它对人的精神绝无好处。如果你明白我的意思的话。
多拉 这说法有点过火了，亲爱的，不是吗？
弗兰克 你就在那玩艺儿面前坐着吧，你早晚会变得对实际生活一无所知——就像大多数人那样。

（对艾伦）其实那是个骗人的玩艺儿。它好像是再给予你点什么东西，而实际上却是在拿走一些什么东西。你每看它一分钟，你的聪明才智和精力就会损失一分。你懂吗？那真是个骗人的玩艺儿。

【艾伦坐在地板上耸耸肩膀。

我并不想说扫兴的话，老伙计——可是的确没有任何东西能够代替书本。怎么？难道你不喜欢阅读吗？

艾伦　　就那么回事。

弗兰克　我知道你觉得我在多管闲事，但是我应该管，你知道……事实是，每当想起这件事我就感到耻辱。你，一个印刷工人的儿子，却从来不碰书本！要是全世界的人都像你，我就该失业了。

多拉　　都一样，弗兰克，时代在变嘛。

弗兰克　（讲道理的）你让它变它才能变，多拉。请你明天早上把电视机送回去。

艾伦　　（叫起来）不！

多拉　　不！弗兰克！

弗兰克　对不起，多拉，我家里一时一刻也不能容那玩艺儿。我跟你说过，我不能开这个头。

多拉　　可是，亲爱的，如今人人都爱看电视！

弗兰克　是的，可他们都看些什么呢？没头脑的暴力

行动！没头脑的笑料！每隔五分钟就有一个笑嘻嘻的傻瓜想把你不需要的东西卖给你，为的是要支撑这个经济制度。（对艾伦）对不起，老伙计。[1]

通过这段对话，我们可以获取这样几点信息：艾伦的父亲弗兰克在家庭中拥有绝对的权威，是一家之主。当他看到艾伦与母亲有了电视之后，发表了一番关于电视对人无益，人们应该看书的言论，并不顾妻子与儿子的反对，坚决地要将电视送回去。这是我们了解到的剧中父亲的第一个印象：绝对权威，他决定的事情没有任何商量余地。艾伦与母亲也是默默地接受了父亲的这一决定。在当代社会，电视是一个非常重要的大众传播媒介，它是我们接收外部信息的重要途径，可以说，它是人们与外界交流的一个窗口。艾伦的父亲不允许他看电视，这就从一个方面切断了他与外界的联系，影响了他的性格。虽然后来艾伦的母亲允许他偷偷地溜到隔壁一个朋友家里看西部片，"他简直就看不够"，但是，这也于事无补。后来，在对孩子宗教信仰的问题上，弗兰克与多拉也是有着分歧的。多拉是虔诚的基督徒，而弗兰克是个无神论者，他对妻子给孩子讲述《圣经》有着不同的意见。他认为妻子"在他卧室里没完没了地给他

---

[1] ［英］彼得·谢弗：《外国当代剧作选2》，刘安义、一匡译，中国戏剧出版社1991年版，第21—23页。

讲《圣经》……当她向这孩子灌输时——那么，老实说，他是她的、可也是我的儿子啊。她就不明白这一点。当然，信教的人就是这样可笑。他们总是认为他们的感情比不信教的人的感情更重要。"① 在他看来，"如果你要听听我的想法的话，《圣经》正是这个事件的罪恶根源。"② 他认为艾伦的一切问题都是因为妻子对孩子灌输了太多的宗教思想："你自己想想看。一个男孩子每天晚上都听别人给他念这些东西：什么一个无辜的人被折磨致死——荆棘刺进了他的脑袋——钉子钉进了他的手掌——一根枪扎透他的肋骨。这类事情会使任何一个人一生都难以忘记。我没开玩笑。这孩子被这些东西搞得神不守舍，他老是精神恍惚地看着那些宗教图画。我说的是那种特别糟糕的图画，如果你明白我的意思的话。我曾经制止过他一两次！（停顿）该死的宗教——那是我们家庭中唯一的真正问题，而这又是无法解决的。我并不在乎承认这一点。"③ 在狄萨特对艾伦的治疗开始后，艾伦回忆自己第一次在沙滩上骑马的情景：他高兴地笑起来的时候，弗兰克和多拉却出现了，也是弗兰克阻止了正在兴头上的他们，弗兰克愤怒地把艾伦从骑师的肩上拉了下来，艾伦尖叫着跌倒在地上。不仅如此，弗兰

---

① ［英］彼得·谢弗：《外国当代剧作选 2》，刘安义、一匡译，中国戏剧出版社 1991 年版，第 31—32 页。
② 同上书，第 32 页。
③ 同上。

克还恶狠狠地咒骂了那些骑师是"流氓",这是艾伦第一次骑马的经历,本来在马背上体会到无拘无束的快乐的艾伦又一次被父亲制止了,他第一次与马的亲密接触就这样被硬生生地阻止了。艾伦在美术商店对基督的画一见倾心并且用自己的零花钱买下挂在床尾的墙上之后,弗兰克对这件事也很不满意,他把那张图片从墙上扯下来扔到了字纸篓里。艾伦伤心透了,一连几天不停地哭泣。这已经是他第三次阻止艾伦做自己喜欢的事情了。后来,他给了艾伦一张马的图片,艾伦不再有令人心碎的哭泣,并且把这张图片挂在了同一个位置,这可以说是歪打正着地让艾伦与马有了第二次的亲密接触。但是,这却使艾伦对马又有了一种不同寻常的感情。直到他有一天晚上看到艾伦在房间里抽打自己,他在事后将这段情景描述给狄萨特的时候依然狠狠地咒骂了宗教,认为它是造成这一切的根源。

艾伦在布利逊的店铺里工作也是弗兰克的主意,根据推测,他不喜欢自己的儿子与自己一起工作,其实,我们从剧本后面的情节可以看出,如果与儿子一起工作的话是不方便他下班后去看色情电影的。也正是在这家店铺里,艾伦遇到了基尔,并由她介绍进入了骑马俱乐部工作,从而与马再一次有了直接接触。

艾伦对父亲形象的最后体认来自于电影院里。出事的那天晚上,艾伦与基尔去电影院看电影。在那里,他遇见了自己的父亲。即使被孩子看到自己看色情电影,弗兰克还竭力地为自己辩护:"我今天晚上到这儿来是要见经理。他要求我来和他谈些业务上的事情。我碰巧是个印刷工,小姐。电影院需要招贴画。我来完全是为了这个。要谈谈招贴画的事。当我正在等他的时候,我碰巧向里面看了一眼,就是这么回事。"① 就在这天晚上,当他要求艾伦跟他一起回家,艾伦第一次对自己的父亲说了"不"。大概因为心虚,弗兰克的脸上"一副害怕的神情",他也没有再强迫艾伦跟他回去。但是,父亲的形象终于在艾伦的心目中坍塌,艾伦感到了一种身体的空虚感,"就像我的肚子被钻了一个洞。一个窟窿——就在这儿。空气就从这儿拥进去!"②

剧中还有一个没有出现的"父亲":基尔的父亲,他是个不负责任的人,通过基尔的描述,我们知道他抛下母女二人不管,当时基尔的母亲身无分文,必须挣钱养活自己和孩子,这也使得她由此对男人恨之入骨。于是,基尔只能偷偷地与男朋友约会,那天晚上当基尔想与艾伦做爱的时候,他们也只能去马厩,于是发生了那幕惨剧。

总结来看,《伊库斯》中主要出现了两个父亲,我们着重分析的是艾伦的亲生父亲弗兰克,这也是本剧中一个比较重要的角色。他是一个无神论者,与艾伦的母

---

① [英]彼得·谢弗:《外国当代剧作选2》,刘安义、一匡译,中国戏剧出版社1991年版,第119—120页。
② 同上书,第121页。

亲在教育孩子的问题上有着较大的分歧。他不允许艾伦看电视，不允许他骑马，还把他最喜欢的照片换了下来，他一次又一次地阻止艾伦做自己感到快乐的事情，最后造成了艾伦的悲剧，这是他为人父之失败。而在与妻子的相处问题上，他同样也不是个合格的丈夫。他反对妻子买电视，看不惯妻子给艾伦讲述《圣经》，认为宗教是造成一切罪恶的根源。他认为妻子"很有一些浪漫想法。"[1]还认为妻子纵容艾伦，"即使他连自己的名字也写不上来，她也不在乎，可她还是个教员。她说，只要他高兴……"[2]他讲话粗俗，在第一次与狄萨特医生的谈话中，他在自己的谈话被妻子打断之后，形容"那就像是不能尽兴的性活动。"[3]对此，他倒是颇有自知之明的觉得妻子"她认为我配不上她。大概这是事实吧。"[4]当然，他也并非一无是处之人，其实，他与家庭成员之间依然有着共同之处，只是因为他缺乏与他们良好的沟通与交流才导致了家庭成员之间关系的紧张。比如弗兰克与自己的儿子艾伦一样厌恶那些虚伪的东西，因为妻子多拉"喜欢的是淑女和绅士"，而"淑女和绅士是不裸体的"，所以，"她什么都不给他（指弗兰克，引注）"，"对了！从不！……那太恶心了！她还要给他们

---

[1] ［英］彼得·谢弗：《外国当代剧作选2》，刘安义、一匡译，中国戏剧出版社1991年版，第30页。
[2] 同上书，第31页。
[3] 同上书，第32页。
[4] 同上书，第31页。

戴上圆顶帽！……穿上马裤呢！",而弗兰克作为一个正常的男人,连艾伦都意识到"他们都不仅仅是当爹爹的——他们都是长着那么个玩艺儿的男人！……而爹爹——他也不仅仅是个当爹的。他也是一个长着那么个玩艺儿的人"①,但他没有想过由正常的渠道解决问题,为了解决自己的生理问题,他只好去看色情电影,这不但骗了妻子,更骗了儿子,没想到出事的那天晚上,当他再次去电影院时被自己的儿子撞个正着,儿子也第一次有了胆量来对抗自己的父亲。

通过以上种种的行为,我们可以看出,弗兰克在家里具有绝对的权威,妻子与儿子虽然在很多方面与他有分歧,但也是敢怒不敢言,都按照他说的去做了,但他努力维持这个家庭的结果却是自己的儿子刺瞎了六匹马的眼睛,被看作是一个怪人,送进了地区医院治疗精神疾病的诊所,"照我的意见,这孩子应该进监狱,而不该让他花着老百姓的钱住医院。"②"法官们都要把这孩子送进监狱。如果他们办得到,就要终身监禁他。"③在儿子艾伦的眼里,弗兰克是个老骗子,他对弗兰克的感情可以说是爱恨交织,"他怕我……我也怕他……我一直在想——他以往那副虚伪面孔！""明白我的意

---

① ［英］彼得·谢弗:《外国当代剧作选2》,刘安义、一匡译,中国戏剧出版社1991年版,第122页。
② 同上书,第49页。
③ 同上书,第10页。

思。提高你的思想！"……多少个夜晚他都说他得很晚回家。"多拉，把我的晚饭热着！""你可怜的父亲：他工作得多辛苦！"……骗子！老骗子！下贱的老骗子！【他停了下来，握紧拳头。……我们一直走啊走，我只想着爹爹，想着他也没有什么了不起——也只不过是个可怜的老骗子。【他站住。（向基尔，认真地）可怜的老骗子！①"倒是儿子比较了解他虚伪的本质，为他感到难过，"难过。我为他难过。可怜的老骗子，我就是这样想的——他和我一样！他和我一样厌恶那些淑女和绅士！优雅漂亮——可装模作样。所以晚上他就自己去干他的秘密事情，谁也不知道，就像我一样！没有什么分别——他就是和我一样——完全一样！——②由此，艾伦与父亲之间的关系也发生了颠倒性的反转。父子关系由最初的敌对状态，父亲有着绝对权威开始，到剧终时父子走向暂时和解，儿子开始理解父亲。

《上帝的宠儿》中莫扎特的父亲虽然并不经常出现，但他也是剧情发展必不可少的一个重要人物。我们从柔森倍的口中得知，莫扎特小时候与父亲的关系。

柔森倍　他从小是神童，这就肯定要出麻烦，他父亲叫里奥波德·莫扎特，是萨尔兹堡的一个脾气暴躁的音乐家，一天到晚拉着他的儿子在

---

① ［英］彼得·谢弗：《外国当代剧作选2》，刘安义、一匡译，中国戏剧出版社1991年版，第121—123页。
② 同上书，第124页。

全欧表演，一会叫他蒙着眼睛弹琴，一会儿是用一个手指头演奏，诸如此类的。①

父亲完全将莫扎特作为一种表演的工具，或者在某种程度上，成为一个赚钱的工具。长大之后的莫扎特离开父亲独自生活，虽然父亲不在他身边了，但父亲的影响力还在，这在他成人后将要面临的第一件人生大事——结婚问题上，反映出他父亲无所不在的影响力。在结婚的问题上，康斯坦茨认为莫扎特必须征得父亲的同意才能结婚，莫扎特虽然嘴上对此不以为意，但内心还是认同未婚妻的这番话。父亲不同意莫扎特结婚，他和康斯坦茨内心都明白这所冒的风险。而莫扎特对父亲的态度，可以说是又害怕又认同，有几分敬畏。比如说莫扎特在他的《后宫拐骗》一剧上演后与萨列瑞的对话中，有这样一句话："还是我父亲说得对，他总是告诉我，我应该在嘴上加一道锁……其实我压根儿就不应该张嘴！"②

在约瑟夫向萨列瑞征询关于伊丽莎白公主的音乐教师人选时，萨列瑞指出了关于莫扎特的那些流言蜚语，从而否定了莫扎特成为宫廷教师的可能，莫扎特得知这个消息之后，只是责怪自己："都怪我自己，我父亲写信

---

① ［英］莎士比亚等：《英若诚译名剧五种》，英若诚译，辽宁教育出版社2001年版，第498页。
② 同上书，第521页。

总是叫我要听话,要安分守己!等他听说这件事,他得写十六封教训我的信来!"① 莫扎特在山穷水尽之际,给父亲写了一封信,请求他帮自己照看孩子,可是被父亲拒绝,于是,莫扎特对父亲的看法和盘托出,"他呢?不用说了,是个愤世嫉俗的人。自从他带着我去全欧洲展览了一圈以后,他自己什么地方也不去了,就一年又一年地待在萨尔兹堡,拍主教的马屁,要不就是教训我!(教训)告诉你实情吧,你知道吗?他妒忌我,别看表面上怎么说,他妒忌我!就因为我比他有才,他一辈子不原谅我。(他像个顽皮的孩子那样兴奋地俯身对萨列瑞)我告诉你个秘密,里奥波德·莫扎特不过是个满怀妒忌的老糊涂虫……我实际上对他讨厌得要死。"② 可是当听说自己的父亲去世的消息之后,莫扎特开始忏悔自己的所作所为,并创作了一部《堂·乔瓦尼》来纪念父亲。③ 父亲死后,莫扎特的生活每况愈下,他与妻子聊天时,认为"爸爸当初说得对。我们最后跟他说的丝毫不差,我们成了乞丐。"妻子认为这归咎于莫扎特的父亲,因为他"叫你一辈子也没长大"。④ 莫扎特的《魔笛》上演了,萨列瑞在这部戏剧中看到了莫扎特的父亲形象,"这不再是个谴责的形象,而是个宽恕的形

---

① [英]莎士比亚等:《英若诚译名剧五种》,英若诚译,辽宁教育出版社2001年版,第548页。
② 同上书,第567页。
③ 同上书,第568页。
④ 同上书,第579页。

象！——地位最高的大祭司——伸出双手，要用爱来拥抱世界！——莫扎特不再怕他的父亲了——他最后一次又创造了一个传奇！"[1] 莫扎特生命的最后，当萨列瑞看着他的《安魂曲》的时候，莫扎特回忆自己童年时期巡演世界各地的光辉履历时听到了父亲对自己的夸奖："莫扎特骑士，我天才的儿子！"濒死的莫扎特在弥留之际渴望的是父亲的拥抱："爸爸……爸爸……（他祈求地伸出双臂，像个很年轻的孩子那样讲话）抱抱我吧，爸爸，抱抱我，你伸出手来，我一跳就到你的怀里了，就像我们从前那样！"[2] 天才就这样离开了人间，他在生命的最后能够记住的自己一生中最辉煌的时刻是小时候随着爸爸巡演各地，所有的人都对自己微笑。而在他长大成人后，不顾父亲的反对娶了妻子，生了孩子，生活日益窘迫，父子之间的关系降至冰点。可是父亲去世后，莫扎特觉得世界上最疼自己的那个人去了，他悔恨自己对待父亲的态度，并创作歌剧来纪念自己的父亲，父子关系和解。直至生命即将结束之际，莫扎特内心渴望的只是父亲的一个拥抱，他期待着得到父亲的原谅与接纳。

彼得·谢弗剧作中儿子与生父的这种关系表明，成长于传统社会与文化中的这些"亲生父亲"们面临着诸

---

[1] ［英］莎士比亚等：《英若诚译名剧五种》，英若诚译，辽宁教育出版社2001年版，第586页。
[2] 同上书，第593页。

多的问题，无论是从家庭还是从生活各方面来说，他们都面临着重重危机，然而他们握有绝对力量，控制并影响着儿子的成长。作为新生力量的儿子们，虽然也渴望着挣脱亲生父亲的桎梏，但毕竟力量还不够强大，在社会中四处碰壁的他们最终依然渴望得到自己亲生父亲的理解与原谅。

第二节 "教父"：精神的引导或毁灭

荣格在其《关于原型，特别涉及阿尼玛概念》一文中认为，人们总是担心与意识的本能原型阶段的联系会随生命过程逐渐丧失，所以长期以来已经养成了这样一种习惯：除了一对生身父母，还奉送新生儿一对名义父母，一位"教父"，一位"教母"，名义父母被认为应对其教子的精神幸福负责。他们代表显影于孩子诞生时的一对神明，因此阐明了"双重诞生"的主题。由这段话可以看出，在西方传统中，孩子除了具有生理意义上的生身父母之外，还有"教父""教母"对其精神负有责任，也就是说，在孩子的成长过程中，对他进行精神上的引导。

在《伊库斯》一剧中，狄萨特就是艾伦的"教父"，即精神意义上的父亲。当艾伦被海瑟送到狄萨特的诊所来的时候，他确实是精神上出了问题，被人当作"神经病"的，海瑟也认为送到狄萨特这里来是最后一个办法，否则他就只能被送进监狱。通过全剧我们也可以看出，正是由于父母在对艾伦的教育上出现了很多问题，所以艾伦迫切地需要一个能在精神上面正确地引导他的人，而狄萨特无疑是个合适的人选。海瑟对于这一点倒是颇有见地，"也许他要找的只是一个新爹。"①

狄萨特与艾伦初次见面时，艾伦并不友好，尽管狄萨特问了他许多问题，他并不回答，而是一直在唱歌，于是狄萨特只好让护士把他带到房间里去。但是第一次见面无疑对双方都带来了很大的影响，对他们的思想都有震动。因为在他们初次见面之后，狄萨特就做了那个关于献祭的噩梦。同样的，在房间里，艾伦也一直梦到伊库斯，只有靠镇静剂才能安静下来。后来，在狄萨特的引导下，艾伦与他有了交流。可以看出，艾伦对他逐渐地有了信赖感，他不但讲出了父亲不允许自己看电视，还讲了自己第一次骑马却被父亲阻止的经历。在他们交换秘密的这次谈话即将结束的时候，狄萨特告诉艾伦如果不好意思讲出一些事情可以录在录音机里，虽然艾伦口头上说"这多无聊"，但他还是把录音机拿走了。

---

① ［英］彼得·谢弗：《外国当代剧作选2》，刘安义、一匡译，中国戏剧出版社1991年版，第104页。

如果从专业的角度来看，这可以说明狄萨特的治疗方法非常正确，艾伦即将对他讲述更多自己的事情。如果从两人之间的关系来看，说明艾伦并不是那么抗拒与狄萨特进行交流了，两个人之间的关系又近了一步，同时，这也说明，艾伦在父母的教育下，虽然精神上出了很大的问题，但他内心还是渴望与人进行交流的。后来，艾伦在录音机里说出了自己第一次骑马后对马产生了一种特殊的感情，并且由于母亲信仰的关系，他将马看作了自己的上帝。接下来，他们之间又有了进一步的接触。狄萨特感谢艾伦给自己的录音带，但是艾伦却说"再也不干了"，因为他直接把自己的故事讲给了狄萨特。在这次谈话中，艾伦告诉了狄萨特自己在布利逊的店铺工作之后遇到基尔，然后基尔把自己介绍到俱乐部去工作的情况。但是当狄萨特再追问艾伦与基尔的关系的时候，这是艾伦生活中又一个非常敏感的问题，这次谈话又不欢而散。艾伦愤怒地说道："坐在那里问个没完！爱管闲事的人！你们都是这样的人！该死的爱管闲事的人！就像爹爹一样，老是讨厌个没完，告诉我，告诉我，告诉我！……回答这个，回答那个，没完没了！"[①]

这次事件之后，艾伦开始反戈一击，他开始追问

---

① ［英］彼得·谢弗：《外国当代剧作选2》，刘安义、一匡译，中国戏剧出版社1991年版，第68页。

狄萨特的个人情况，尤其是与女性的关系问题。"你和女人约会过吗？""你背着她跟别的女孩子要好过吗？""你和她性交过吗？"这一系列的问题让狄萨特也大为光火，他不愿意回答这些问题，此时的状况就如艾伦与狄萨特初次见面时那般，只不过，他们的主客关系完全颠倒了过来，可见，在儿子与代理父亲的关系问题上，儿子对待"教父"的态度并不像对待自己的亲生父亲那样惟命是从，而是从一开始就具有强烈的反抗意识。"他很清楚什么问题能击中要害。"① 而在艾伦的逼问之下，狄萨特也开始正视自己的问题。如果说艾伦与狄萨特初次见面后狄萨特做的那个关于大祭司的梦是他对自己的职业开始产生了怀疑，那么，这次交谈之后，狄萨特对自己的家庭与个人生活也开始了反思。虽然狄萨特与妻子的婚姻生活起初是美满的，"我们简直是天作之合，非常般配。"② 但是，"我们谈恋爱是利索的，结婚也是利索的，连我们的失望也是利索的。我们利索的各自背转身去搞自己的专业"③，究其原因，乃是夫妻俩缺乏共同的话题，这点与弗兰克和多拉的问题基本一样。但是，与两人的情况相反的是，在狄萨特的家庭中，狄萨特流连于古希腊的艺术世界，而他的妻子则是

---

① ［英］彼得·谢弗：《外国当代剧作选2》，刘安义、一匡译，中国戏剧出版社1991年版，第70页。
② 同上。
③ 同上书，第71页。

那个"粗俗的人",他们两人虽然生活在同一幢屋子里,但思想上却完全是生活在两个不同的世界中。"在精神上,她沿袭家里的习惯总是沉迷在阴湿的苏格兰教堂之中,而我却神游在古希腊的陶立克神殿里……她认为这一切都是可憎的。"[1]在狄萨特与海瑟谈论这些问题的时候,狄萨特对海瑟说出了自己对艾伦的感觉,"那孩子,和他那种瞪人的方式,他想要通过我挽救他自己"[2],其实,狄萨特内心的真实想法是,他要通过艾伦来挽救自己,于是,再一次的,狄萨特对自己的职业和自己对艾伦将要做的事情产生了怀疑:

狄萨特　我在对他做什么呢?

海瑟　　当然是使他恢复啰?

狄萨特　恢复什么?

海瑟　　正常生活。

狄萨特　正常?

海瑟　　那还有些意义。

狄萨特　是吗?

海瑟　　当然。

狄萨特　你是说一个正常的孩子有一个头:一个正常的头有两个耳朵。

---

[1] [英]彼得·谢弗:《外国当代剧作选2》,刘安义、一匡译,中国戏剧出版社1991年版,第73页。

[2] 同上。

海瑟　　你知道我不是这个意思。……我觉得我们可以做到的几件事情之一是抓住重点。

狄萨特　什么重点呢？

海瑟　　嗨——孩子和大人的关系。诸如此类的事情。①

狄萨特和艾伦再次见面了，这次狄萨特对艾伦催眠，使他能够更多地了解艾伦的情况。在这个过程中，狄萨特向观众说出他所质疑的"正常"以及他的职业："正常，就是孩子眼睛里善良的笑容——完全正确，它也是上百万成年人临死时的眼神。它能让人欢欣鼓舞，也能让人悲痛欲绝——就像上帝一样。那是'平凡'创造的美，也是'规律'创造的悲惨结局。'正常'是必不可少的，操生杀大权的健康之神，而我就是他的祭司。我的工具非常精致。我的同情是真诚的。在这间屋子里我曾经真诚地帮助过许多孩子。经过和他谈话，他们消除了恐惧，解除了痛苦。但是——毫无疑问——我也从他们身上切除了与这位神的两个方面相悖拗的部分个性。对于更罕见的和更了不起的女神，这些是圣神的部分。而时间呢……给宙斯举行奉献每次最多用六十秒钟。向'正常'奉献则可能要长达六十个月。"②

狄萨特的这段内心独白表明，他对社会所谓的"正

---

① ［英］彼得·谢弗：《外国当代剧作选2》，刘安义、一匡译，中国戏剧出版社1991年版，第124页。

② 同上书，第77页。

常"有了很大的怀疑，他所做的工作是帮助孩子们恢复常识意义上的"正常"，就像他做的那个梦一样，他是掌控孩子们生杀大权的祭司，到底是保持孩子们的原始的生命状态还是让他们恢复"正常"，他这长长的一段独白已经说明了他内心的倾向。在这次催眠中，艾伦详细地向狄萨特也向作为观众的我们讲述了他在晚上12点的仪式，他在马厩中骑着那些马去对抗现代文明社会的种种"正常"的人：种种为马加上各种束缚的人。剧中花大量的篇幅展现艾伦的仪式，一方面这是剧作家向我们一步一步地揭开艾伦刺瞎马的双眼的谜底的需要；一方面也说明现代文明社会对生活于其中的孩子造成了多么大的影响，狄萨特作为一个中年人，面对自己所从事职业的真相竟是从精神上残杀孩子的时候，他不得不进行深入的思考。在艾伦为狄萨特讲述了自己的仪式之后，狄萨特再次向观众展现了他内心的挣扎，他开始越来越羡慕艾伦，越来越觉得不应该让他恢复所谓的"正常"："你能想到有什么事能比让一个人失去信仰更坏吗？"[①]"这孩子感情之强烈却是我一生中从未感到过得。让我告诉你：我羡慕他。"[②]"我嫉妒，海瑟，嫉妒艾伦·斯特兰"。[③]"他有过什么信仰吗？真正的信仰！

---

① ［英］彼得·谢弗：《外国当代剧作选2》，刘安义、一匡译，中国戏剧出版社1991年版，第100页。
② 同上书，第102页。
③ 同上。

没有信仰你就会枯萎，就是那么残酷，我就枯萎了自己的生活。"① 或许旁观者清，海瑟觉得艾伦对狄萨特的感情并不是像儿子憎恨父亲那般，而是要寻求一个新的父亲，

海瑟　　你想过没有，他那种瞪人的方式，也许根本不是在谴责你？
狄萨特　　那是什么呢？
海瑟　　追求你。
狄萨特　　追求什么？
海瑟（顽皮地）　一位新的神。……也许他要找的只是一个新爹。②

艾伦与狄萨特的相处日益融洽，而艾伦也逐渐地喜欢上了这个新的"父亲"，在狄萨特与艾伦进行最后一次治疗之前，艾伦就坦露了自己的心声："我喜欢它（指狄萨特诊所的房间——引注）"③，而狄萨特却对自己所做的事情越来越没有兴趣，"实际上，我愿意离开这个房间，这辈子也不再见它。"④ 在这次治疗中，艾伦向狄萨特讲述了自己在那天晚上所做的事情，包括他与基尔的约会，他撞见自己的父亲去看色情电影以及他把那些马

---

① ［英］彼得·谢弗：《外国当代剧作选 2》，刘安义、一匡译，中国戏剧出版社 1991 年版，第 103 页。
② 同上书，第 104 页。
③ 同上书，第 109 页。
④ 同上书，第 110 页。

的眼睛弄瞎。治疗结束之后，世俗意义上来说，艾伦终于恢复了"正常"，可是狄萨特在剧尾的大段独白表明，他彻底地对自己以及自己所从事的职业失望，并对治愈艾伦产生了深深的悔恨。"我无法知道我在干什么——可我还是干了些必要的事情。不可挽回的、决定性的事情：我站在黑暗中，拿着镐头挥向一个个脑袋。"[①]

经过这几天的相处，狄萨特与艾伦构成了独特的"父子"关系。艾伦作为精神不正常的孩子被送到狄萨特的诊所，也就是说，狄萨特要治疗艾伦的精神疾病，充当他精神意义的父亲，引导他的精神成长。可是，作为一个本身就有问题的父亲，艾伦的出现，使他意识到了社会的"正常"有着多大的问题，自己作为精神病医师的角色就是残杀孩子的祭司。在艾伦的身上，他看到了人对生命的热情，看到了未来的希望，可是，这种未来又是多么的势单力薄，因为他本人不但是谋杀这种希望的帮凶，他甚至是最大的凶手。这构成一种独特的父子关系，这种张力也构成全剧独特的张力。由上分析可以看出，在"教父"与"教子"的关系问题上，教父并不占有绝对的权威，因为教父本身就有一系列的问题：他们与自己的妻子貌合神离，不能进行性生活，因此没有孩子，这也隐喻了他们的未来其实是没有希望的。虽

---

① ［英］彼得·谢弗：《外国当代剧作选2》，刘安义、一匡译，中国戏剧出版社1991年版，第139页。

然他们取得了世俗意义上的成功，获得了名誉和地位，但是，他们也意识到了自己的问题，尤其在他们与"教子"相遇后，随着对"教子"的了解日益加深，他们更看到了自己的问题所在。他们出身、成长于传统的社会中，非常适应那个社会并在那个社会中取得了成功，狄萨特是地区医院受人尊敬的医生，那些"生病"的孩子们的命运都掌握在他的手上。在剧本中，他们都会遇到一个人，这仿佛是一个"未知的自己"，或者说，这是自己身上的另一面，面对这样一个人，他们面临着应该引导他往哪个方向走的问题，他们欣赏"教子"身上那股"原初的激情"，也渴望自己能够变成这样的人，这仿佛给迷茫的他们指出了一个方向。但是因为种种原因，他们又必须把"教子"杀死，从肉体上或者从精神上，而在他们这样做了之后，自己在精神上也死亡了。狄萨特把艾伦治好之后，自己也陷入深思中。

在《上帝的宠儿》一剧中，萨列瑞实际上成了莫扎特的"教父"。正如威廉·哈钦斯在《1960年以来的英国与爱尔兰戏剧》中所指出的："这个年老的作曲家实际上成为了莫扎特的代理父亲，他不断地引诱莫扎特在《魔笛》中揭露共济会的秘密，这直接导致了他在宫廷中的失宠。"[①] 萨列瑞对莫扎特的引导，主要在两个

---

① William Hutchings. "Revitalised Ritual and Theatrical Flair: the Plays of Peter Shaffer"// James Acheson (eds). *British and Irish Drama since 1960*. Hampshire and London: The Macmillan Press Ltd, 1993, p.43.

方面,一方面,莫扎特离开父亲后独自在德国宫廷内谋生,萨列瑞作为长者有能力也有机会帮助他,他关心着莫扎特的一举一动,甚至雇用了两个人替他通风报信。另一方面,他对莫扎特的关心其实有着非常自私的目的。他嫉妒莫扎特的音乐才能,并且认为这是上帝对自己的不公正对待,莫扎特成为他与上帝之间斗争的工具。为了证明上帝是错的,他要将莫扎特毁灭。于是,他名为关心莫扎特,紧要关头也帮他出主意想办法,但实际上这些却一步步地将莫扎特推向毁灭的深渊。

萨列瑞第一次正式与莫扎特见面是在尚勃伦宫,约瑟夫与众大臣接见莫扎特的庆祝会上。在这次会上,萨列瑞还创作了一首欢迎莫扎特的曲子,但莫扎特却不识时务的对他的曲子进行了改动,作为叙事者的萨列瑞对观众说,也许从那时起他就对莫扎特动了"杀人的念头"。在《后宫拐骗》的首场演出后,萨列瑞与莫扎特再次见面,他们谈到了莫扎特的婚姻问题,此时的萨列瑞支持莫扎特与康斯坦茨的结合:

萨列瑞　　请问,二位什么时候举行结婚典礼呢?
莫扎特(紧张地)　我必须取得我父亲的同意,他是个非常好的人——了不起的人——不过在某些方面有些固执。
萨列瑞　　请原谅我问你今年多大岁数了?
莫扎特　　二十六岁。

萨列瑞　　既然如此，令尊同意与否并不是必要的了。

康斯坦茨（对莫扎特）　　你看是不是？

莫扎特　　那倒是，当然不是必要的——当然不是！……

萨列瑞　　我给你的劝告是结婚，幸福的生活，你已经找到了，——这太明显了——难得的意中人！[①]

也许，这时的劝告，萨列瑞并不是真心的，因为接下来他就决定要占有康斯坦茨作为报复，但从某种程度来说，这鼓励了莫扎特追求自己的爱情与婚姻。从戏剧后面的发展我们可以看出，莫扎特与康斯坦茨结婚后，莫扎特的父亲非常生气，而莫扎特向父亲提出的要求也被拒绝，这导致莫扎特的生活状况每况愈下。德国皇帝约瑟夫需要一个音乐家做伊丽莎白公主的教师，萨列瑞没有推荐莫扎特而推荐了一个毫无音乐才华的人，莫扎特得知这个消息之后"失魂落魄"，萨列瑞"握他的手"以示安慰。莫扎特写出《费加罗的婚礼》，萨列瑞认为"这是威胁"，想出一个办法阻止他的演出，以皇帝禁止在歌剧里加芭蕾舞为由，并假借歌剧院院长之手，删除了其音乐中的舞蹈。皇帝意外的来看歌剧的连排，才得以恢复了剧中的舞蹈，而当时他为欢迎莫扎特而作的曲子改为迎宾进行曲，萨列瑞又暗中做了手脚，通过本来就心怀不满的院长，叫《费加罗的婚礼》全年只演出了

---

① ［英］莎士比亚等：《英若诚译名剧五种》，英若诚译，辽宁教育出版社2001年版，第521页。

九场。接下来萨列瑞怂恿莫扎特在《魔笛》中写共济会的秘密仪式,导致冯·威斯腾男爵大为光火,决定共济会里再也没有人会周济他。而他毁灭莫扎特的最后一根稻草是在莫扎特写《安魂曲》、病入膏肓的时候以上帝之名让他去死。

在《皇家太阳猎队》中,皮萨罗与阿塔瓦尔帕也是这样的一种关系,威廉·泰伯(William S. Tepper)在其硕士论文《为了看到人的灵魂:彼得·谢弗的五部主要剧作》中认为,《皇家太阳猎队》的第二幕"猎杀"集中表现了皮萨罗与阿塔瓦尔帕之间的关系。皮萨罗发现,阿塔瓦尔帕是他一生追寻的信仰、忠诚、诚实这些精神的化身,皮萨罗也将阿塔瓦尔帕看作是他的"代理儿子"(surrogate son)。[1] 在阿塔瓦尔帕死后,皮萨罗的长篇独白中这样说道,"未来只有平静,没有其他东西了,我们将会被埋葬在一起,父亲和儿子在同一片土地上。"[2]

在西方文化视野中,"父亲"一词的含义远非以上提到的两种,除却生理与精神意义上的父亲,我们发现,彼得·谢弗剧作中还涉及一种"父亲"——上帝。

---

[1] William S. Tepper. "To See the Soul of A Man": the Five Major Plays of Peter Shaffer, Master of Arts in Drama, the University of Alberta, 1984.
[2] 汪义群主编:《西方现代戏剧流派作品选·第四卷》,中国戏剧出版社2005年版,第729页。

第三节 天父——上帝：对信仰的追寻与破灭

在英语中，父亲（father）一词有"上帝"、"天父"的含义，基督教的上帝被说成是"那位原始父亲"。赫伯特·陶贝尔曾经从宗教的象征观点来解释，认为"父亲是……上帝的一个侧面"[①]。

"在《旧约全书》中，正是父神创造了世界和第一个男人亚当。男性生出了女性，女性是派生的，是用亚当的一根肋骨创造出来的。创造完女人之后，耶和华作为创造者的工作就算完成了。他从远处注视着这个由男人主持的家庭在夏娃的支配下犯错误，并把这一家人逐出了伊甸园。

"在《新约全书》中，这个男神又以创造者的面貌出现。作为创世父神，他在凡人妇女身上播下种子，试图重建由于原罪而失去的男性权威。他发起了赎罪的计划。马利亚分娩，基督试图执行这个计划。父神是创造者和裁判，但是他不直接插手凡人生活中的事。

自相矛盾的是，男人创造性的推动力导致了他脱离家庭，脱离他对儿女的抚养，甚至脱离与女人的关系。

[①] 参见朱福芳：《〈俄狄浦斯王〉中的神话和父亲原型》，《山东农业大学学报》（社会科学版）2004年第6卷第4期。

他创造生命的那部分能力很快就转移了。"①

可见,在西方文化背景中,"父亲"一词不仅指生理意义上的生身父亲、精神意义上的"教父",从大的文化背景来说,他还指代"上帝"。而在现代主义、后现代主义背景下谈论"上帝"具有独特的意味。自笛卡儿说出那句著名的"我思故我在"之后,经康德的"理性的立法",再到黑格尔的"绝对理念",人的理性力量日益被推崇,直至工具理性的张扬最终导致了上帝之死。理性的地位被推崇至无以复加的地步,人们相信,仅仅凭借理性的力量,人就能征服一切,不再需要上帝的引导与帮助。但是上帝死亡之后,人们陷入更大的焦虑与空虚中,"没有上帝是一件很麻烦的事,因为和上帝一起消失的是在一片朗空中找到价值依托的可能性"②。

现代戏剧面临着上帝已死这样的一种境地,按照瓦兰锡的观点,现代剧作家们都对失去这分崩离析的社会有所回应,他说:"从艾略特到贝克特,我们时代的艺术家们都用一种挽歌式的腔调对我们说话,好似他们是震撼世界的大动荡的茫然的幸存者。……19世纪80年代以来,有一种急切的重新发现上帝的要求,而这次证明

---

① [美]阿瑟·科尔曼、莉比·科尔曼:《父亲:神话与角色的变换》,刘文成、王军译,东方出版社1998年版,第2—3页。

② [法]萨特:《存在主义是一种人道主义》,上海译文出版社1988年版,第12页。

上帝是不易找到的。"① 作为"美国现代戏剧之父"的奥尼尔也曾深有感触地说:"今天一切弊端的根源是——老的上帝死去了,而科学和物质文明又不能提供一个新的上帝来满足人们残存的原始宗教本能,让人觉得活着有意义。"

彼得·谢弗剧中对信仰的质疑体现出信神、疑神、弑神三种状态。信神者并非仅仅是对上帝的崇拜,在彼得·谢弗剧作中,这种信仰体现为剧中人物的一种强烈、坚定不移的信念,它可能是马,可能是太阳,可能是音乐等等。

宗教成为西班牙殖民者侵略的幌子,《皇家太阳猎队》中巴尔维德的话听起来振振有词,"这是个异教徒。你要是不帮他的忙,他就会被永恒的烈焰烧死。不要以为我们只是去摧毁他的人民,抢走他们的财富。我们要去拿走他们以为毫无价值的东西,而给他们珍贵的天国的恩赐。有谁能把这个愚昧的人引向光明,我将免除他所犯下的一切罪恶。"② 听起来多么冠冕堂皇。最后西班牙殖民者得到了金子,但是如果真按牧师的职能来说的话,他即使是把印加帝国的皇帝杀死了,最终也没能改变他的宗教信仰,从这一点上来说他也是失败者。印加

---

① Paul Rosefeldt. *The Absent Father in Modern Drama*. Peter Lang Publishing, 1996, p.1.
② [英]莎士比亚等:《英若诚译名剧五种》,英若诚译,辽宁教育出版社2001年版,第646页。

帝国的皇帝阿塔瓦尔帕虽然是个私生子并篡取了自己兄弟的皇位，但他深信自己是太阳的儿子，用一套君权神授的理论来控制臣民的思想，并且他自己对此也深信不疑。但他被杀后再也没有醒过来，他盲目的"太阳神"宗教导致了国家的灭亡与自己的死亡。

《伊库斯》中多拉是虔诚的基督教徒，她不但自己笃信上帝，还一直向儿子艾伦灌输宗教思想，使得他对宗教有了特殊的感情。艾伦对宗教的特殊理解使得处于青春期的孩子在与外界几乎完全隔绝的情况下将自己全部的精力放在了宗教上。多拉成为忠实的宗教信徒的后果是什么呢？丈夫与其貌合神离，晚上偷偷的出去看黄色电影；儿子对马有着异乎寻常的感情，最终将六匹马的眼睛刺瞎，引发悲剧。艾伦在母亲的引导下对宗教有了异乎寻常的兴趣，他可以没有朋友，没有娱乐，只要晚上能够偷偷地在床前或在马厩里举行他的秘密仪式即可，可是最终刺瞎马眼之后他要么被关进监狱要么被送进治疗精神疾病的诊所，可以说，母亲对他宗教方面的引导引发了他的悲剧。最后，他被医生狄萨特治好了，但从此他"泯然众人矣"，再也不会有那么狂热的宗教热情了。

《上帝的宠儿》中莫扎特对音乐有着异乎寻常的热情，可以说音乐就是他的信仰、他的宗教。

在这些信神者中，宗教或者说信仰并不能为他们带来世俗生活的改善或者为他们带来尘世的救赎，有着虔诚信仰的他们最终的下场都不是很好。多拉与丈夫的关系紧张，儿子又因为刺瞎了马的眼睛被认为是精神病患者。受母亲的影响，艾伦有自己独特的宗教信仰，但最后却酿成悲剧差点被送进监狱，虽然被送去治疗精神病的诊所后遇到一个欣赏自己的医生，但他最后还是被这位医生治愈，此生估计再无这种信神的热情了。莫扎特是以音乐为自己的信仰，音乐是他所珍视的神，但这样一位坚定的信神者最终死于贫病交困。同样的，宣称自己是太阳之子的阿塔瓦尔帕最终也是被西班牙人杀死，再也没能醒过来。

彼得·谢弗的剧中还有一些人因为最初是坚定的信仰者，但经历一些事情后开始怀疑自己的信仰，或者从戏剧开始时就是怀疑宗教信仰的人，这些人可以划入疑神者之列。

在《皇家太阳猎队》中，老年马丁以皮萨罗为偶像，做着征服异族的美梦，天天沉迷于骑士制度中，他可以几小时几小时地读一本唐克里斯托瓦尔写的关于骑士制度的书，并将之奉为《圣经》，而皮萨罗也被他奉为骑士制度的完美践行者，"曾经有这样的时刻，我差点儿为他去送死，为任何强烈的信念去死。"[①] 然而，当老年马丁回忆自己的这段经历时却认为一生中引以为恨事

---

① ［英］莎士比亚等：《英若诚译名剧五种》，英若诚译，辽宁教育出版社2001年版，第643页。

的就是"当初见不到他该有多好"①。皮萨罗是个没有信仰的征服者,他在遇到阿塔瓦尔帕之后被其打动,甚至一度相信了阿塔瓦尔帕关于自己是神,神是不会死亡的神话,但最后当他再也没有睁开眼睛的时候,皮萨罗用一段长长的独白来表达自己的失望、悲愤之情。《约拿达》中作为叙述者的约拿达一开始就不相信《圣经》中所述的那些有着坚定信仰的犹太人,在他看来,这些人之所以信仰上帝是因为害怕被大卫王用石头杀死。

在《上帝的宠儿》中,乐师萨列瑞从小就与上帝做起了生意,在他眼里,上帝不是在教堂里供人瞻仰的神,而是"用精明的生意人的眼睛打量着世界"的商人,他与上帝谈妥了交易,好运确实眷顾了他,使他进入皇宫成为一名乐师。为此,他洁身自好,刻苦勤奋,觉得唯有如此才能对得起上帝对他的重视。但当他遇到莫扎特,听到后者杰出的音乐之后,他对上帝的态度彻底的改变了。在他眼里如此粗俗、下流的莫扎特居然能得到上帝的眷顾,不费吹灰之力做出如此美妙的乐曲,因此,他向上帝宣战,"要是不给上帝点教训,那人还有什么用?"②

在彼得·谢弗的剧作中,"上帝"是个经常出现的字眼。其最著名的三部剧作《伊库斯》《皇家太阳猎队》

---

① [英]莎士比亚等:《英若诚译名剧五种》,英若诚译,辽宁教育出版社2001年版,第542页。
② 同上。

和《上帝的宠儿》都探讨了人在社会中的存在问题。三部剧作中的主角——那些功成名就者人到中年陷入巨大的信仰危机中,他们的精神世界无处安放,急切地需要什么东西来证明自己的存在,他们的行为过程经历了从寻找上帝到质疑上帝的过程。《皇家太阳猎队》是"三部曲"中最早的一部,对上帝、信仰的寻找者主要体现在皮萨罗和马丁的身上。《伊库斯》中寻找上帝的人主要是狄萨特。《上帝的宠儿》中,乐师萨列瑞不仅仅是寻找上帝,而且与上帝做起了交易,当上帝没有满足其愿望之后甚至与上帝开始了斗争。

《皇家太阳猎队》中,皮萨罗带领他的军队去印加帝国,表面上看,他们要征服印加人,让他们做奴隶并攫取他们的黄金,除此之外,他们还有着其他的目的。皮萨罗"要赢得人们永远不会忘记的名声",神父巴尔维德要改变他们的灵魂,"让他们瞧瞧基督教严格的教规是什么样子"。然而,统观全剧他们亲眼看到印加帝国的时候,仿佛见到一个世外桃源,一个令西班牙也感到耻辱的地方。在西方世界中迷失自己的皮萨罗见到印加帝国的国王阿塔瓦尔帕后仿佛找到了新的上帝,新的信仰,因为阿塔瓦尔帕非常确定自己是"永远活着的上帝",即使殖民者把自己杀死他也会在第二天太阳升起的时候复活,然而,皮萨罗并没有找到新的上帝,阿塔瓦尔帕被杀死后再也没有活过来,皮萨罗伤心地落下了眼泪,他寻找信仰的努力失败了,并且预感到了自己的死亡,"唯一的快乐是死去"。皮萨罗没有寻找到自己的上帝,少年马丁也是如此。就是自信地宣称自己为太阳上帝,在太阳父亲的照耀下就可以活过来的阿塔瓦尔帕也被杀死没有复活。剧尾皮萨罗的大段独白令人感慨。

《伊库斯》中的艾伦在母亲的熏陶下有着自己独特的宗教信仰。虔诚的基督徒母亲向他灌输关于《圣经》与宗教的一切,无神论的父亲又在鄙视着这种行为。受母亲影响的艾伦,对上帝深信不疑,每天晚上在基督像前鞭打自己,仿佛自己是承受众生苦难的苦行僧。孰料这一行为被父亲发现,基督像也被父亲换成一张马的图片,机缘巧合使得艾伦对马有了特殊的感情。在马厩工作后,艾伦将马作为自己心中的上帝,混合着青春期的感情与冲动,艾伦每天晚上在马厩中继续着自己崇奉上帝的仪式。但是父亲观看色情电影的虚伪形象刺激了艾伦,女孩基尔的主动献身使他对爱情与性有了切实的追求,但与基尔的行为终究还是受到艾伦信仰的影响。这时他的脑海中仿佛又出现了母亲与他讲述的那些基督故事,马成为一个"嫉妒的上帝"(Jealous God),引发了他的疯狂行为。正如论者所指出的,艾伦信奉着基督,这种对宗教的热情引发了狄萨特的羡慕,因此在医生狄萨特的心里,艾伦是值得我们敬佩的,但狄萨特忽略了艾伦身上对宗教的狂热之情,这种狂热必然导致不可估量的后果,所以有了宗教信仰有了上帝的艾伦也是必须被治好的。与之相对照,狄萨特虽然取得了世俗社会中的成功，但他一直对自己的生活不满意，他想寻找一种信仰、一个上帝来让自己生活的更有意义，有依托。直到他遇见艾伦，这好似上天赐予他的指路明灯，他对上帝的追寻看似有了方向，所以全剧在狄萨特叙述的过程中，充满对自己生活的不满与对艾伦的艳羡。但他的寻找上帝之旅必然是失败的，因为在工具理性占据统治地位的当今社会，上帝已经死亡，曾经有信仰的艾伦也是要被治好的。

《上帝的宠儿》第一幕第二场萨列瑞回顾其音乐之路时，谈到了他与上帝的交易，这位上帝用"精明的生意人的眼睛打量着世界，他是被商人们竖在那儿的，他的眼睛是讨价还价的"①。他请求上帝让他成为一名音乐家，为此他愿意报答上帝，而上帝真的接受了他的这一个交易：亲戚资助他去学音乐，又有人把他引荐给皇帝，他成为皇帝宠爱的音乐家，一切似乎都很顺利，直到他在瓦尔斯塔登男爵夫人家里听到莫扎特的音乐之后，他感到了莫大的痛苦，他开始质疑上帝："是你需要它吗？难道是你？"②他仿佛从莫扎特的音乐里听到了上帝的声音。他们在尚勃伦宫第一次见面后，莫扎特对萨列瑞的曲子进行了修改，老年的萨列瑞回忆道："从那时

---

① ［英］莎士比亚等：《英若诚译名剧五种》，英若诚译，辽宁教育出版社2001年版，第492页。
② 同上书，第505页。

起——那么早——我就产生了杀人的念头?"① 在萨列瑞与莫扎特见面不到一个月之后,萨列瑞心里那个报复的念头就不光是个念头了。他想占有莫扎特的妻子,但在看过康斯坦茨带给他的莫扎特的音乐手稿之后,他的精神遭受重大的打击,对上帝发出了强烈的抗议,"谢谢吧,我的主,是你叫我懂得了神的世界无比的完美——大多数人根本不明白这是什么。——然后你又不遗余力地叫我明白,我一辈子只能是个庸才!(他的声音越来越有力)为什么?……我错在哪里?……一直到今天以前,我严格地遵循道德。我为了帮助别人不辞辛苦地卖力气,你赐给我多少才能,我就拼命的干呐,干呐,(向天上呼唤)你最清楚我多么拼命!我这样干了,我干的是音乐,因为只有通过音乐,才理解这个世界。我这样干,无非是为了听到你的声音,现在我还真听到了——你的声音里只有一个名字——莫扎特!……一肚子怨言,见什么都撇嘴,自高自大,幼稚可笑的莫扎特——他一辈子也没为别人出过一点儿力!满嘴脏话的莫扎特,还有他那个爱打人屁股的老婆!结果你选中了他来做你唯一的代言人!你给我的唯一奖赏——我天赐的特权——就是让我成为当代唯一能够看清楚谁是你化身的人!(粗野地)谢谢吧!再一次谢谢吧!(停顿)

---

① [英]莎士比亚等:《英若诚译名剧五种》,英若诚译,辽宁教育出版社2001年版,第516页。

那就这样吧,从现在起,我们势不两立,你和我!你这样安排我不接受——你听见了吗?……《圣经》上说,不能侮辱上帝。我告诉你,不能侮辱人,……不能侮辱我!……《圣经》上还说,上天倾听之处,神灵必将高扬,我告诉你,不行!你要是不倾听道德,你就别想发扬!(高声喊叫)狡猾的上帝!——你是敌人,我现在就给你命名,——你是永生永世的敌人!我还要宣誓:只要我一息尚存,我就会竭尽全力在人世间破坏你的意图!(他恶狠狠地向上瞪着上帝,然后,对观众)说来说去,要是不给上帝点教训,那人还有什么用?"① 就在这个夜晚之后,萨列瑞已经与上帝展开了战争:"上帝明明白白地显示了他的意图,我就是要叫他此路不通,我有这个权。上帝需要莫扎特打开他通向这个世界的路。莫扎特需要我才能在这世界上出头露面,所以这是一场你死我活的战争——而莫扎特就是战场。(停顿)关于上帝有一点我清楚,他是个狡猾的敌人。你们看我下决心在这世界上堵住上帝的路,而他一边给我额外满足,同时又放手让我破坏了一个我讨厌的竞争对手的前途。……我向上帝发出挑战之后,马上就感到了危险。他会怎么回答我?为了这样亵渎神圣,他会不会立刻用雷劈了我?别笑,我不是那种沙龙里的才子,我是小

---

① [英]莎士比亚等:《英若诚译名剧五种》,英若诚译,辽宁教育出版社2001年版,第542页。

地方来的天主教徒，对上帝充满了恐惧。"① 康斯坦茨来第二次来恳求萨列瑞为莫扎特推荐工作的时候，已经做好了要献身的准备，但是萨列瑞拒绝了她，因为"我现在不是跟莫扎特较量，是通过他，通过他和上帝较量，那个宠爱他的上帝。（蔑视地）阿玛丢斯，上帝的宠儿！……"② 他向上帝宣战后，并没有出现可怕的后果，因为那之后莫扎特的生活境况每况愈下，而萨列瑞却飞黄腾达，"我完全没有想到，我原来在等着上帝的震怒，可是没出现。"③ 之后，他在与上帝的斗争中越来越占优势，他试图阻止莫扎特在《费加罗的婚礼》中加入舞蹈，怂恿歌剧院院长叫《费加罗》全年只演出了九场。但是，莫扎特的音乐还是一部接着一部的诞生，而他自己的创作却落于俗套、毫无生机、不可救药的浅薄。因为上帝并没有对自己表示出怜悯之心，于是萨列瑞也决定叫莫扎特沦为赤贫，直至他死去。在这场与上帝的斗争中，萨列瑞也不是胜利者。虽然在他的"努力"下，莫扎特年纪轻轻就死于贫病交加，萨列瑞自己声名显赫。但到萨列瑞晚年时，莫扎特的曲子响彻大地，而萨列瑞眼睁睁看着自己的曲子再也没有人记起。

---

① ［英］莎士比亚等：《英若诚译名剧五种》，英若诚译，辽宁教育出版社2001年版，第545页。
② 同上书，第547页。
③ 同上书，第549页。

综观这三部剧作,对上帝、对天父的寻觅一直贯穿始终,正是从这种意义上来说,彼得·谢弗的这三部剧作被有的学者称为"三部曲"。在这三部剧作中,主人公有对上帝对信仰的执着追求,也有对上帝的怀疑,与上帝展开斗争,甚至有对上帝的谋杀,可以说,信神、疑神、弑神贯穿其中,这构成彼得·谢弗独特的对上帝对信仰的理解。这或许与彼得·谢弗的犹太出身有关,但更为重要的是,它反映了我们这个时代、这个社会中,彼得·谢弗对信仰、对上帝的独特理解。而无论哪种对待上帝的态度,天父终究寻而不得,寻找天父之路终究是一场悲剧。

在彼得·谢弗的剧作中,"父亲"形象如此突出与重要,通过解读这三重意义上的"父亲"形象,我们可以看出西方社会与文化中作为主导力量的男性所面临的问题,这是西方现代社会所存在的诸多问题的一个隐喻。

第五章
彼得·谢弗总体戏剧之文化意蕴

彼得·谢弗剧作有着深厚的文化意蕴,这体现在三个方面:首先,从东西方文化的交流来看,彼得·谢弗剧作吸收东西方文化思想的精华,其剧作既浸润于西方戏剧的营养中,又吸收了东方戏剧的思想,两种文化的交汇共同构成彼得·谢弗剧作的跨文化思想;其次,从戏剧发生学而言,戏剧本从宗教仪式中诞生与发展,具有强烈的仪典特征,彼得·谢弗剧作中展现戏剧人物的仪式过程,这是他们进行身份确认的一种方式,也是彼得·谢弗剧作中剧场性的一种体现方式;最后,彼得·谢弗剧作中常常出现看似对立实则精神相通的两种人物,这不是或好或坏的截然对立的两种人物,他们是作为日神精神与酒神精神的代表,在剧作中体现出两种善的对立与冲突,这两种人物在西方文化中具有原型性意义。

第一节 跨文化戏剧思想

东西方戏剧的交流与融合从很早就开始了，追溯中国戏剧对西方世界的影响不得不从《赵氏孤儿》开始谈起。这部剧作早在18世纪就被伏尔泰翻译成法文发表，并被英国、意大利、法国等国的剧作家们搬上舞台，这成为跨文化戏剧研究者考察的最早的东西方戏剧交流案例。东西方戏剧文学的交流早于表演艺术的交流。现当代以来，随着东西方文化交流的进一步加深，西方戏剧越来越受到东方戏剧的影响。无论是西方著名的戏剧大师布莱希特、阿尔托、格洛托夫斯基、梅耶荷德、谢克纳还是奥尼尔、巴尔巴等人无不受到东方戏剧的影响。可以毫不夸张地说，20世纪西方戏剧中存在着一股强劲的"东方化"的趋势。[1] "20世纪西方戏剧中的影响也不局限于艺术形式与技巧方面，而是广泛地存在于哲学、宗教、文学等其他领域。"[2] 比如"美国戏剧之父"尤金·奥尼尔对中国哲学有着浓厚的兴趣，老庄的道家哲学在他的戏剧中有着明显的表现。

"总体戏剧"的提倡者阿尔托受东方戏剧尤其是巴

---

[1] 陈世雄、周宁：《20世纪西方戏剧思潮》，中国戏剧出版社2000年版，第127页。
[2] 同上。

厘岛戏剧的影响。1922年阿尔托曾在殖民展览会场上看到过柬埔寨的东方舞蹈演出，1931年在另一次殖民展览会场上他又看到了印度尼西亚巴厘岛的舞剧表演，两次演出均给他留下了深刻的印象。他对东方戏剧表演交口称赞，并将之与西方戏剧尤其是话剧进行了对比，"巴厘岛戏剧对西方戏剧观是个挑战，可能有许多人会认为它毫无戏剧价值，而其实它是我们至今所看到的最完美的纯戏剧"，而巴厘岛戏剧的语言"位于一切口头语言之外，并汇集了大量舞台经验，与它相比，我们那些纯粹对白式的演出未免相形见绌。"[1] 可以说，东方戏剧对阿尔托残酷戏剧思想的形成有着重大的启发作用。彼得·谢弗的剧作也受多种思想、方法的影响，中国戏曲直接启发他创作了《黑暗中的喜剧》。

说到中国戏曲对西方戏剧的影响，我们必须谈到梅兰芳。作为著名的京剧表演艺术家，梅兰芳的演剧方式、戏剧观念、美学思想均有独特的风貌，成为与斯坦尼斯拉夫斯基、布莱希特并列的梅兰芳体系。作为中国京剧艺术的代表，梅兰芳在民国年间四次去国外访问演出，在世界范围内刮起"梅旋风"，使西方世界认识到中国戏曲的独特魅力，许多西方戏剧家在看到中国戏曲的美妙演出后，吸收了中国戏曲的许多元素，中国戏曲

---

[1] ［法］安托南·阿尔托：《残酷戏剧：戏剧及其重影》，桂裕芳译，中国戏剧出版社2006年版，第49页。

对他们的戏剧风格产生了一定的影响。

彼得·谢弗的剧作虽是在西方戏剧土壤中成长的结果,但他的博文广学、涉猎广泛使得他能够兼收并蓄不同戏剧的营养,从而使他的戏剧呈现出不同的样貌。他在对《伊库斯》一剧的访谈录中曾谈到对东方戏剧的态度,"东方戏剧使我兴奋。日本能剧演员在戴上他们的面具之前凝视着它们,用一种心理能量来研究它们。我想抓住那种能量。我被批评为'太戏剧',但或许批评我的那些人并没有意识到我为此付出的艰辛劳动。这就是我想做的;毕竟,我在剧院中工作。这并不是一个贬义词。"①

彼得·谢弗的喜剧《黑暗中的喜剧》是最能说明中国戏曲对他的戏剧影响的例子。据说,彼得·谢弗在观看了中国的戏曲《三岔口》之后受到启发,所以创作出了这部喜剧。《三岔口》是京剧中一出有名的武打戏,分为原本与整理本。整理本与原本内容略有不同,描写的是杨延昭的部下焦赞因为杀死奸臣王钦若的女婿谢金吾而被发配到沙门岛,杨延昭命任堂惠暗中保护焦赞。解差押送焦赞到三岔口,投宿到刘利华夫妇开的小店,任堂惠此时也赶到此地。刘利华与任堂惠为了保护焦赞而起了误会,在黑暗中二人搏斗起来。这个戏描写的就是

---

① Virginia Cook and Malcolm Page. *File on Shaffer*. London and New York: Methuen, 1987, p.84.

任堂惠和刘利华在黑暗中打斗的情景。由于这部戏没有道白和唱腔，全靠武生的动作表演演绎剧情，对西方观众来说也没有语言障碍，所以这出戏是京剧出国演出的保留剧目，对许多外国观众来说也很熟悉。彼得·谢弗就是在看了这部戏之后受到启发从而创作出《黑暗中的喜剧》。他在《私人之眼》《公共之耳》《善意的说谎者》《黑暗中的喜剧》与《皇家太阳猎队》五部剧作选的前言中详细的描述了自己创作这部喜剧的过程：几年前，他在伦敦的皇宫剧院看了一出使人毛发悚然的京剧，一个武士和一个强盗在黑暗中用利刃搏斗。这个"黑暗"用强光来表示。观众可以看到搏斗的人相互攻击和刀砍对方，而演员们假装着什么也看不见。这五分钟的搏斗就是最纯粹的想象的戏剧。一个英国观众被这又可笑又恐惧的感觉深深地吸引住了，以至于情绪变得异常激动。在接下来的几年里，彼得·谢弗一直在思考中国戏剧中这种对光明与黑暗完全反转的运用是否可以应用到英国喜剧中。在写作《黑暗中的喜剧》时，彼得·谢弗遇到了一个困难。因为仅仅有"光明"与"黑暗"这两种元素的反转使用并不足以支撑一部戏剧达到足够上演的长度。实际上，应该有光明来结束这种状况。而戏剧需要有让别人继续待在黑暗中的理由。基于这一点，他想出了一个真实的情节：主人公从一个古董收集爱好者的邻居那里借了所有家具并没有告诉他，他们没有想到邻居突然出现了，于是不得不摸黑归还每一件家具——

椅子、灯、甚至沙发，因为如果重新恢复光明而他还没有归还的话他就成了一个贼。事实证明，这些在舞台上搬家具的场景制造出了连续不断的笑声。戏的效果也是出奇得好。上演第一天，戏院就变成了欢乐的海洋。一个看上去表情很严肃的中年男子恰好坐在彼得·谢弗的前面，他笑得从座位上跌落到过道里，嘴里说着"哦，停止吧"，因为他已经笑得受不了了。彼得·谢弗在前言中很详细的记载了这件事，并说这是他在剧院里所记得的最让人高兴的事情。①

以上的描述让我们看到彼得·谢弗怎样受中国戏曲的启发，从"灯光"这一元素出发，再设置一个戏剧情节与情境，从而编织出一个合理又有趣的故事。从《三岔口》到《黑暗中的喜剧》，我们可以看出彼得·谢弗对中国戏曲故事的借鉴与发展。《三岔口》启发他意识到可以利用灯光的"明"或者"暗"编织一出戏剧。《三岔口》的故事情节说起来是比较简单的，打斗的双方因为灯光的关系而引起误会，一旦身份识破，误会消除，戏剧也就结束了。《黑暗中的喜剧》设定了八个人物，他们之间有着较为复杂的关系。布尔斯利·米勒是一个年轻的雕塑家，他与未婚妻凯洛·麦尔凯特居住在伦敦南肯辛顿的一幢大房子的底层。他们的对面住着古

---

① Preface xiii, Peter Shaffer. *The Collected Plays of Peter Shaffer*. New York: Harmony Books, 1982.

瓷店老板哈罗德·戈林奇,他热衷于收集各式古董。凯洛的父亲麦尔凯特少校当天要来看自己的女儿和布尔斯利,一个上了年纪的艺术品收藏家、百万富翁乔治·班伯格也要来看布尔斯利的雕刻,为了给未婚妻的父亲麦尔凯特少校和班伯格留下好的印象,布尔斯利将对面邻居哈罗德的家具偷偷的搬到自己的公寓里,因为哈罗德外出度假而他房间的钥匙他们可以拿到,这样在哈罗德度假回来之前他们早就能把他的家具还回去。他以为自己的计划天衣无缝,神不知鬼不觉。岂料他们的公寓里突然停了电,而此时哈罗德与麦尔凯特少校都来到了公寓。布尔斯利害怕哈罗德看到自己搬走了他的家具只好在黑暗中再把那些家具搬回去,不明就里的麦尔凯特少校却嫌布尔斯利无能,几次催促他去把家里弄亮,并几次拿出打火机想让屋子里变得亮一些,都被布尔斯利以各种理由吹灭。布尔斯利与凯洛就在种种状况之中周旋。同时,楼上的弗尼瓦尔小姐因为怕黑也来到他们家里。最让人感到混乱的是布尔斯利的前女友艾莉埃也找上门来。布尔斯利在各色人中周旋,状况频出,同时还要把家具偷偷地搬回去。谁料纸终究包不住火,凯洛与父亲认清了布尔斯利的真面目,要找他算账,哈罗德也怒不可遏。黑暗中,电气公司职员舒潘采来到公寓,被误认为是百万富翁而受到众人的吹捧,但最终被证实他只是一个修电工。最后,班伯格终于来到了公寓里,却因黑暗跌进了地窖里。舒潘采修好了保险丝,为公寓带来了光明，但于事无补，全戏结束在一片光明之中。

从这部戏的诞生过程我们可以看出东西方戏剧的一个典型的区别。中国戏曲注重唱念做打等程式化动作，并不注重戏剧情节的铺陈，观众们进戏院也是为了看演员的功夫。西方戏剧尤其是英国喜剧，主要讲述在一个封闭的空间内，特别是客厅里发生的故事，通过一系列的误会与巧合来实现情节的有趣与好笑。

经过彼得·谢弗之手，《黑暗中的戏剧》成为与《三岔口》截然不同的故事。与京剧《三岔口》相比，《黑暗中的喜剧》中的人物关系更为复杂，叙事线索更多元，误会更多，为观众带来的笑料也更多。因为中国戏曲以程式化表演为特色，许多老戏迷对观看的戏曲故事耳熟能详，他们并不讲究情节，所以戏剧故事的铺设并不是那么考究。彼得·谢弗的剧作却具有强烈的戏剧性，他运用一系列的"误会"与"巧合"，使剧中人物的关系更为多元化，他们之间有着千丝万缕的联系，而为了掩饰事情的真相，人物不得不说出许多谎言，越来越多的谎言带来越来越多的麻烦，这为观众带来了大量的笑料。

除了《黑暗中的喜剧》受中国戏曲的启发，彼得·谢弗的《皇家太阳猎队》与莎士比亚的历史剧有着相似之处，《伊库斯》和《戈尔贡的礼物》与古希腊戏剧、《莱蒂斯与拉维纪草》与萨提亚喜剧、《上帝的宠儿》与歌剧都有某种联系①。我们从这些戏中看到了善于吸收各种营养成分并将它们有机融合在一起的彼得·谢弗。

第二节　仪式：身份确认及剧场性

彼得·谢弗的剧作包含着形而上层面的追求,他曾多次在访谈节目中提到,戏剧的目标应该是激起我们的想象力、刺激我们内心的欲望、本能。他将戏剧看作是使我们产生敬畏感的崇拜之所,就像教堂或寺庙一样,"戏剧应该引导人们进入神秘与魔力之中,应该给他们惊奇感,同时又通过揭示生活的幻象来使他们感兴趣。"②

彼得·谢弗对戏剧的这种看法与阿尔托的残酷戏剧类似,阿尔托对戏剧形而上层面的追求是残酷戏剧中最引人注意的部分,在他看来,所谓残酷,不是一般意义上的肉体痛苦,而是精神层面、哲学意义上的残酷,"残酷意味着严格、专注及铁面无情的决心、绝对

---

① 参见 M.K.MacMurraugh-Kavanagh.*Peter Shaffer: Theatre and Drama*. Macmillan Press, 1998, p.29.

② 参见 Gene A. Plunka.*Peter Shaffer: Roles, Rites and Ritual in the Theatre*. Fairleigh Dickinson University Press, 1988, p.40.

的、不可改变的意志。""残酷首先是清醒的,这是一种严格的导向,对必然性的顺从。""我所说的残酷,是指生的欲望、宇宙的严峻及无法改变的必然性,是指吞没黑暗的、神秘的生命旋风,是指无情的必然性之外的痛苦,而没有痛苦,生命就无法施展。"[①] 他将戏剧比作瘟疫,因为在他看来,戏剧与瘟疫一样具有净化作用,"戏剧和瘟疫都是一种危机,以死亡或者痊愈作为结束。瘟疫是一种高等疾病,因为在这场全面危机以后只剩下死亡或者极端的净化。戏剧同样是一场疾病,因为它是在毁灭以后才建立最高平衡,它促使精神进入谵妄,以激扬自己的有益的能量。最后我们可以说,从人的观点看,戏剧与瘟疫都具有有益的作用,因为它促使人看见真实的自我,它撕下面具,揭露谎言、懦弱、卑鄙、伪善,它打破危及敏锐感觉的、令人窒息的物质惰性。它使集体看到自身潜在的威力、暗藏的力量,从而激励集体去英勇而高傲地对待命运。而如果没有瘟疫和戏剧,这一点是不可能的。"[②] 阿尔托的残酷戏剧,要用残酷的狂热的形式释放人的能量,他的残酷戏剧类似宗教或者巫术。就这一点而言,阿尔托的残酷戏剧有着强烈的仪式意义。

其实,戏剧与仪式、宗教的联系由来已久,戏剧诞

[①] [法]阿尔托:《残酷戏剧——戏剧及其重影》,桂裕芳译,中国戏剧出版社1993年版,第99—102页。
[②] 同上书,第27页。

生于宗教仪式的观点在戏剧发生学研究中占有重要的地位。据英国剑桥学派"神话—仪式"学说的代表、研究者简·艾伦·哈里森（Jane Ellen Harrison）考证，希腊语把仪式称为dromenon，意谓"所为之事"，而希腊语中用于指称戏剧表演的字眼drama，与dromenon这个词一脉相连，drama也同样意指"所为之事"。希腊语文本身就毋庸置疑地表明，艺术和仪式之间是一门宗亲。[①]希腊文"戏剧"和"仪式"的相似性说明他们之间有着非常密切的关系。哈里森说："这两个在今人看来水火不容的事物，在最初却是同根相连的，两者一脉相承，离开任何一方，就无法理解另外一方。最初，是一种相同的冲动，让人们走进教堂，也让人们走进剧场。"[②]马丁·艾斯林认为，"从历史上说戏剧和宗教是密切相关的；他们的共同根源是宗教仪式。"[③]

仪式过程不仅出现于彼得·谢弗最著名的剧作《伊库斯》中，在他的喜剧《莱蒂斯与拉维纪草》、史诗剧《约拿达》、晚期剧作《戈尔贡的礼物》中也有出现。只不过这些仪式在剧中的作用各不相同。

在《伊库斯》中，我们可以看到艾伦与狄萨特两人的仪式，而前者的仪式令人印象深刻。他的仪式有两个

[①] ［英］简·艾伦·哈里森：《古代艺术与仪式》，刘宗迪译，生活·读书·新知三联书店2008年版，第19页。
[②] 同上书，第1页。
[③] ［英］马丁·艾斯林：《戏剧剖析》，罗婉华译，中国戏剧出版社1981年版，第19页。

发展阶段。母亲多拉允许他买基督像之后，他每晚在床头的基督像前都要举行自己的仪式：先吟唱《圣经》年表，然后从口袋里取出一段绳子，挽成一个套子，把它放进自己的嘴里，然后用另外一只手拿起一个木衣架就开始抽打自己。这一切被父亲看在眼里。父亲强行撕下他的画换成了一张马的图片，但这却引发了他的第二个与马有关的仪式：他在半夜偷偷跑到跑马场，将马嚼子放入自己的嘴中，同时用一块糖喂马，作为它最后的晚餐，象征它为世人吃掉罪恶，然后像骑士般骑马打败敌人，在这个"战斗的场面"中与马融为一体。从这两个仪式中可以看出，艾伦的仪式过程有着一系列的程序，只有经过这些程序，艾伦获得自我再生的神话，他才有勇气、有能力面对这个与他格格不入的社会。

还有医生狄萨特的仪式，他在遇见艾伦的第一个晚上就做了一个梦，"那天晚上，我做了一个非常逼真的梦。在梦里，我成了荷马时代希腊的一个主祭司。我戴着一个挺大的金色面具，它雍容华贵还有胡须，就像在米克兹发现的所谓阿伽门农的面具一样。我拿着一把快刀，站在一块磐石旁边，正在主持一个非常隆重的献祭仪式，它关系着守城或军事远征的命运。被献祭的贡品是一群儿童：约有五百名童男童女，他们排成一个长队，蜿蜒在阿戈斯平原之上。我认出那是阿戈斯，是因为那土壤是红色的。在我的两边各站着一个副祭司，他们也戴着笨重、眼部突出的面具，也像是在米克涅发现的那种面具。这两个副祭司非常强壮,毫无倦意。当每个孩子走向前来时,他们就从后面抓住孩子并把他或她扔到磐石上,再由我使用连我自己都感到惊讶的外科技术,把刀扎进去,漂亮地一直划到肚脐,就像一个裁剪工按照图样裁剪一样。我把切口掰开,抓住内脏,趁它们还冒着热气的时候丢在地上另外两个祭司就去研究那堆内脏的形状,就像在阅读象形文字一样。显然我是个出色的主祭司。是我那无可匹敌的宰割技术使我得到了这个地位。可是他们不知道我开始感到十分恶心。随着宰割每一件贡品,情况就越来越糟。我那戴着面具的脸变绿了。当然,我加倍努力地显示我的技能——拼命地切啊割啊:主要是因为我明白,万一那两个助手觉察到我的忧伤——和明显地对这种不断重复和气味不佳的工作究竟对社会有什么好处产生怀疑——我就会是下一个被扔到磐石上的人。当然——这该死的面具开始滑落。两个副祭司都转过身来看着它——它又滑落了一些——他们看见我脸上淌着的绿色汗珠——他们突出来的金色眼睛突然充血了——他们抢去了我手里的刀……我就醒了。"[1]这个梦清晰的反映出了狄萨特的潜意识,说明他对自己身份以及存在意义的反思。他名为治疗精神疾病的医生,实际上他却觉得自己对孩子们的所作所为其实

---

[1] [英]彼得·谢弗:《外国当代剧作选2》,刘安义、一匡译,中国戏剧出版社1991年版,第18—19页。

就如梦境中所示，他是一个手握生杀大权的阉割者，由于他对自己身份的怀疑，他的动作也越来越缓慢，而他的最终结局会如梦中所示般，他也在犹豫着是否要停止自己的行为。

艾伦与狄萨特的仪式反映了二人的内心世界，艾伦是一个长期受到压抑的孩子，父亲、母亲在很多方面都限制他，而处于青春期的他过剩的精力无法发泄出去，母亲向他长期灌输宗教的知识，于是他只能在自己心造的偶像中寄托所有的情思。而狄萨特的仪式却说明了他内心对自己的反省，从而引发了他在剧中也一直追问的，他所从事的职业究竟是有助于孩子们的成长的还是对他们造成了摧残，这引发了他强烈的精神危机。

彼得·谢弗的《莱蒂斯与拉维纪草》是一部关于两个女性的戏，这是剧作家的一部喜剧，全剧讲述的故事听起来有些荒诞不经。戏剧开始时，莱蒂斯在16世纪的福斯丁家族的房子里向游客进行解说，但在解说的过程中，她会自己进行一些发挥，从而让游客们听得更加津津有味，孰料这一切被负责看管房子的管理信托机构工作人员洛特·舍恩发现，后者在劝阻前者无效的情况下解雇了她。但洛特·舍恩在此之后对莱蒂斯还是心存愧疚，因此在第二幕中她来到莱蒂斯的公寓里看她的情况。在公寓中，两个人有了深入地交谈，通过她们的聊天，我们知道，莱蒂斯有一个做演员的母亲，受母亲的影响，她对表演戏剧有着浓厚的兴趣，对生活有热情。

洛特·舍恩以前学建筑，喜欢古典建筑，憎恨当时人们对古典建筑的毁灭与破坏，曾经与前男友商定自制炸弹去炸掉当时人们建造的那些他们认为极其丑陋的建筑，但她因为胆怯没有付诸行动，为此失去了男友也失去了自己学习建筑的兴趣，不得已找了一份房屋信托管理机构的工作。她们找到了共同点：对现代英国建筑及一切现代东西的反感。正是在这一点上，她们成为志同道合之人。她们一起表演那些历史上非常著名的人物在被押上断头台时的情景，这为她们带来了无限的乐趣。但在第三幕开始时，洛特·舍恩被莱蒂斯砍伤，律师来了解情况才发现，出事的那天，她们在表演国王查理一世被推上断头台的情景，但由于莱蒂斯的猫突然出现吓坏了洛特·舍恩，从而导致了悲剧的发生。莱蒂斯的律师请求洛特·舍恩与法官讲清楚事情的经过，这样莱蒂斯就不会被判有罪了，但洛特·舍恩觉得如果这样做的话自己就必须辞职了，莱蒂斯与洛特·舍恩不欢而散。在戏剧的结尾处，洛特·舍恩在离开莱蒂斯家之后，想清楚了自己真正想要的是什么，她觉得与其做一份自己并不喜欢的工作还不如与莱蒂斯一起做自己真正喜欢的事情。她们决定成立一个旅行机构，带领游客们去参观伦敦五十幢最丑陋的建筑。全剧在她们对未来的美好憧憬中结束。

全剧让人印象最深刻的是莱蒂斯和洛特·舍恩演戏的场景，这部戏着重描写了她们表演的两个人物：苏格兰女王玛丽和英国国王查理一世。莱蒂斯在第三幕对律师的讲述中说，她曾经劝说洛特·舍恩与自己一起演出历史上那些著名人物的死亡与被审问的场景。每周，她们都会选不同的扮演对象：苏格兰女王玛丽、沃尔特·雷利爵士、国王查理一世等，她们在房间里表演这些人物上断头台的情景。第一幕结束时，莱蒂斯向洛特·舍恩讲述了苏格兰女王玛丽行刑前的情景，并在洛特·舍恩的办公室里表演了起来。苏格兰地区有一个传统，受害者上断头台时为了防止血溅到外套上会将外衣脱下来，玛丽女王脱下深黑色的外衣之后，里面的衣服显露了出来，那是一件血红色的衣服，一件与她被指控的罪名相符的妓女才穿的颜色的衣服，这使她一扫前耻，所有人都钦佩地看着这一幕。第三幕中，莱蒂斯向律师描述发生意外那天，她与洛特·舍恩在表演查理一世上断头台的情景，她们为了作出逼真的效果，从郊外树林里运来木头做成断头台，当时查理一世的行刑者不敢露出自己的面貌而戴上头套化妆成别的样子，但莱蒂斯却在表演时忘记戴头套，于是她借口说自己忘带行刑用具而去洗漱间里化妆，化完妆后却忘记关上洗漱间的门，猫溜出来吓到了洛特·舍恩，于是意外发生了。她们的表演被这样的意外打断。

莱蒂斯与洛特·舍恩两个人终日沉溺于戏剧表演中，这是她们生活的乐趣所在。她们选取那些著名的悲剧人物，并且选取这些人物被押上断头台的片段来表演,说明她们内心的一种悲剧性情结。在现实生活中,她们找不到生活的坐标,只有借助戏剧才能感到些许欢乐。戏剧是她们逃避现实生活的庇护所,只有在戏剧中,她们才能得到欢乐,确认自己的身份,实现自己的人生目标。

莱蒂斯与洛特·舍恩对断头台场景有着特殊的偏爱,这反映出它们内心的某种愿望。由于对现实世界的不满,正如莱蒂斯与洛特·舍恩在谈话中所说,她们对古典时代的建筑有着深深的留恋,而这些建筑却在现代社会遭遇了悲剧命运,"我们曾经一起在城市中尽情的漫步,看着它被毁。那真是毁灭的时代——50年代末和60年代。你意识到英国人完全把伦敦给毁了,而不是德国人。所有的地方都是成群的工人,把我们的遗产毁于一旦。乔治亚时代的建筑整排整排的被推倒在地上。我还看到那种大铁球来回摇晃着砸向这些美丽的建筑——一条街一条街地砸!所有的扇形窗都被砸碎了——让人心醉的小门道——拥有完美比例的窗户,嘣嘣嘣!——居然没有人阻止!这就像有人在捶打自己一样。"[1] 面对此种情形,洛特·舍恩气愤地说:"做这些事情的人应该在公众面前被施以绞刑因为他们败坏了公众的想象力!……为什么所有的炸弹只炸毁美丽的东西,

---

[1] Peter Shaffer. *Lettice and Lovage and Yonadab*. London: Penguin Group, 1987, p.45.

而没有哪怕一个去炸那些丑陋的东西——仅仅作为抗议？见证一下至少有人还是有眼睛的！"[1]

断头台仪式构成一道奇观（spectacle），这也是福柯所说的异托邦（Heterotopia），这一概念不同于乌托邦（Utopia）。异托邦这一哲学范畴最初是由福柯1967年5月14日在建筑研究所发表的演讲《不同的空间》中提出，在其以后的论著尤其是1980年的《地理学问题》、1982年的《知识、权力和空间》中有所发展。在福柯看来，"乌托邦也就是非真实的位所。这些位所直接类似或颠倒地类似于社会的真实空间，它们是完美的社会，或者说是社会的颠倒，但是，不管怎么说，这些乌托邦本质上或基本上都是非现实的空间。在任何文化中，在任何文明中，都存在着真实的场所和现实的场所，它们被设计成为社会的体制，各种实际上实现了的乌托邦。在其中，某些真实的位所，在文化中可以发现所有其他真实位所，它们同时呈现出来，引起争议，甚至被颠倒过来，进而形成一些外在于所有场所的场所类型，尽管它们实际上是局部化的。因为它们全然不同于它们所意指或反映的各种位所，所以我将把这些位所称之为'异位'（heterotopias）[2]，与乌托邦相对立。我认为在乌托邦和这些全然不同的位所（这些异位）之间，

---

[1] Peter Shaffer. *Lettice and Lovage and Yonadab*. London: Penguin Group, 1987, p.45.
[2] 此处Heterotopia一般译为"异托邦"。

必定有某种混杂的、居间的经验,它也许是一面镜子。镜子毕竟是一种乌托邦,因为它是一个非场所性的场所(a placeless place)。在镜子中,我在一个非真实的空间中看到我不在其中的我自己,这个非真实的空间实际上就在那个外表后面。我就在我并不在的那个地方,亦即某种让我看见的阴影,它使我在我所不在的那个地方看到了我自己——一个镜式乌托邦。但是,这也是一种异位,在那里,镜子真实地存在着,并具有某种反射我占据的地点的效果。由于镜子,我发现自己并不在的那个我所在的地方,因为我看到了自己就在那里。从停留在我身上的这一注视中,我回到了自身,并再次开始将眼睛转向我自己,同时重组了我在那个地方的我自己。当我在镜子中看到我自己的那一刻,镜子使得我与我占据的空间真实,因为它关联着周围的整个空间;但它又完全不真实,因为不得不通过某种在那个地方的虚拟点来感知。在这个意义上说,镜子起到了一个异位的功能。"[①]

异托邦在福柯的论述中是一个微观的具体实在的地方,莱蒂斯与洛特排练的地方可以说是她们心目中的异托邦,这是否定了等级空间,批判延伸空间与揭露虚假空间的一个美好的所在。

这部剧作让人想起热内的《女仆》,同样是在现实

---

① [法]福柯、哈贝马斯、布尔迪厄等:《激进的美学锋芒》,周宪译,中国人民大学出版社2003年版,第22—23页。

生活中找不到自己身份的人，只能在女主人外出的时候借扮演女主人实现自己的梦想。热内的戏剧具有典型的仪式意义。马丁·艾斯林认为，"礼典性行为的观念，即非真实的一种动作具有魔力的重复，是理解热内的戏剧的关键。"[1]热内在他的戏剧《女仆》序言中详细描述了自己对戏剧的理解："在一个平台上，在一个几乎像我们舞台的舞台上，问题是重现一顿饭结尾时的情形。从这个人们在其中几乎什么也发现不了的开始点上，最高级的现代戏剧在弥撒的献祭牺牲中发现了历经两千年的和每一天的表现。这开始点在大量装饰品和象征中消失了……无法打动我的心灵的演出是徒劳的……无疑，艺术的功能之一，就是以美的有作用力的成分来取代宗教信仰。这种美至少得有诗的威力，也就是说得有一种罪恶的威力。"[2]热内的《女仆》体现了这种弥撒的献祭牺牲：两个女仆在女主人不在家的时候轮流装扮成女主人的样子以发泄心中对女主人的不满。有一次，两个女仆在女主人的茶里放了毒药想要毒死她，但女主人匆匆出门并没有喝。两个女仆继续玩起以前的游戏，扮成女主人的女仆坚持要将有毒的茶喝掉，她最后以女主人的身份死去。

弗雷泽在其著名的《金枝》中，分析了巫术赖以建

---

[1] ［英］马丁·艾斯林：《荒诞派戏剧》，中国戏剧出版社1992年版，第97页。
[2] 同上书，第198页。

立的两个原则，第一是"同类相生"或果必同因；第二是"物体一经互相接触，在中断实体接触后还会继续远距离的互相作用"。前者可称之为"相似律"，后者可称作"接触律"或"触染律"。巫师根据第一原则即"相似律"引申出，他能够仅仅通过模仿就实现任何他想做的事；从第二个原则出发，他断定，他能通过一个物体来对一个人施加影响，只要该物体曾被那个人接触过，不论该物体是否为该人身体之一部分。基于相似律的法术叫做"顺势巫术"或"模拟巫术"，基于接触律或触染律的法术叫做"接触巫术"。① 对照《女仆》和《莱蒂斯与拉维纪草》两部剧作，我们发现，如果按照弗雷泽在《金枝》中对巫术原则的分析，可以看出，《女仆》是对"相似律"的运用，两个女仆认为只要她们模拟杀死女主人的仪式，女主人就真的会死了，所以克莱尔才会那么坚决的喝下那杯有毒的茶，在生活中找不到自己身份的女仆们只能在扮演女主人的游戏中才能找到自己，而最终克莱尔以女主人的身份死去终于得偿所愿。但《莱蒂斯与拉维纪草》中的两位女主角只是因为在现实社会中找不到心灵的寄托从而在扮演仪式中找到一种安慰。

从《莱蒂斯与拉维纪草》中，我们在剧作中仪式

---

① ［英］弗雷泽：《金枝》，徐育新等译，大众文艺出版社1998年版，第19页。

背后读到了关于这部戏的社会背景,在女主角扮演的那些被押上断头台的人物中,我们不但知道了这些历史上著名的人物,并且能够进一步了解他们被推上断头台的原因,从而对过去的历史有了深刻的理解。那些被押上断头台的君王,都曾是叱咤风云的人物,却终究落得悲惨的下场,正如伦敦那些美丽的建筑一般,都被别人剥夺了生命。所以在现实世界中找不到共鸣的莱蒂斯和洛特·舍恩只能在虚幻的表演中获得身份的确认。她们扮演这些人、这些场景,或许是因为她们在这些场景中更能得到一种身份的确认。首先,莱蒂斯从小就被母亲培养了一种热爱古典主义的趣味,母亲对莎士比亚戏剧的喜爱与表演感染了她。其次,她们与这些被押上断头台的君主们一样,都是社会中的失败者,同为失败者的她们更能找到共鸣。

仪式不仅是彼得·谢弗剧作中戏剧人物获得身份认同的一种方式,"仪式化作为一种舞台表现,目的在于创造一个准神话,使不断重复的戏剧动作获得持续的、穿透全剧的象征性。它的理论设想是使戏剧动作与某些可以无限重复的、具有永恒意义的事件与概念联系起来,借以表现一种超越现实层面和文化层面的崇高精神,并使精神跃升到形而上的超验境界,从而对观众产生更加持久的、更具震撼力的剧场效果。"[①]

[①] 林克欢:《戏剧表现论》,中国社会科学出版社1993年版,第57页。

导演在将彼得·谢弗的剧作搬上舞台之后，大多能保留原剧中的仪式性，甚至在实现舞台化之后，原剧的仪式因素更加强了。如导演约翰·德科赛特（John Dexter）在《伊库斯》的舞台版本中将原剧中的仪式性与非现实主义因素进一步增强了。演员用笼子一样的面具代表马，并用有节奏的喊叫似的哼鸣声来加强对话。哑剧表演也很重要，部分观众坐在舞台上而所有的演职人员也坐成一个圈看着。所有这些因素使得戏剧表演成为一场仪典，就像在教堂里或者法庭上。[1]整场演出当中所有的演员都在舞台上，没有戏的演员就可以是目击者、证人和歌队。他们围坐在木制的一个解剖台一般的装置周围，装置的上方悬挂着一个金属的圆环，圆环上有灯。演出空间后面的观众席呈台阶状逐渐升高。这个设计使得舞台像是一座祭坛，观众就像是参加仪式的善男信女。所有这些因素使得这部戏剧有了浓厚的仪式性。据说，在《伊库斯》上演的时候，节目单的内容包含从弗雷泽的《金枝》中节选的片段以及荣格的部分论述。

---

[1] Ronald Hayman. *British Theatre since 1955: A Reassessment*. Oxford: Oxford University Press, 1979, p.55.

第三节 双重性：两种"善"的对立与冲突

尼采在其革命性的著作《悲剧的诞生》中提出了"阿波罗日神精神"与"狄奥尼索斯酒神精神"的概念。尼采用这一对位性的概念，提出了古希腊悲剧的诞生以及灭亡的原因。这一概念，是他在温克尔曼、歌德、谢林等前辈所提出的观点的基础上提出自己对古希腊艺术的看法，而他对"日神精神"与"酒神精神"的创造性的解读在20世纪、21世纪的现代主义、后现代主义者那里也得到了回应。

1755年普鲁士艺术家温克尔曼发表了他著名的《关于在绘画和雕刻中模仿希腊作品的一些意见》，在这篇文章中，温克尔曼认为，"希腊杰作有一种普遍和主要的特点，这便是高贵的单纯和静穆的伟大。正如海水表面波涛汹涌，但深处总是静止一样，希腊艺术家所塑造的形象，在一切剧烈情感中都表现出一种伟大和平衡的心灵。"[①] 他认为，古希腊杰出的艺术成就源于古希腊人内心的这种平静。这奠定了后世古典文学界理解古希腊文学与美学的基调。在他的《古代艺术史》中，温克

---

① ［普鲁士］温克尔曼：《希腊人的艺术》，邵大箴译，广西师范大学出版社2001年版，第17页。

尔曼认为日神阿波罗体现了男性青年美的最高标准，而酒神巴克斯（狄奥尼索斯的里底亚文名称）则是理想的青春美的第二种类型。在温克尔曼这里，日神与酒神和谐的统一于古希腊艺术中，共同体现着古希腊艺术的最高成就。之后的德国哲学家、文学家哈曼（Johann Georg Hamann）、赫尔德、荷尔德林、诺瓦利斯、海涅、哈默林（Robert Hamerling）、施莱格尔（Friedrich Schlegel）、舒伯特（Gotthilf Heinrich Schubert）、格雷斯（Joseph Görres）等人都曾留下过关于酒神狄奥尼索斯的只言片语，但真正具有开创意义的是古典语文学家克罗伊策（Georg Friedrich Creuzer）在《象征》一书中讨论了阿波罗与狄奥尼索斯的对立和融合，比尼采在《悲剧的诞生》中讨论这个问题早了60年。其后，福斯（Johann Heinrich Voβ）、歌德（Gothe）、米勒（Karl Otfried Müller）、克恩（Otto Kern）、洛德（Erwin Rohde）等人也或深或浅地探讨了狄奥尼索斯的问题。根据鲍默（Max L.Baeumer）的考察，尼采并非第一个发现并认真对待狄奥尼索斯的人，但尼采将狄奥尼索斯"转变"为一种"哲学激情"（philosophical pathos）。[1]但是，在他之前，德国启蒙运动的这些代表人物将希腊艺术的繁荣归结于希腊人内心的和谐与宁静，而尼采第

---

[1] 以上参考鲍默：《尼采与狄奥尼索斯传统》，出自奥弗洛赫蒂（James C.O'Flaherty）等编，田立年译：《尼采与古典传统》，华东师范大学出版社2007年版。

一次将日神与酒神的对立作为一种艺术发展的动力。这是一种不和谐的和谐。

在尼采看来,希腊艺术的繁荣不是因为希腊人内心的和谐,而是因为他们看清人生的悲剧本质,所以用日神和酒神两种艺术冲动来拯救人生。日神是美的外观的象征,而这种外观其实是人的一种幻觉,他使人沉浸在梦中;酒神是情绪的放纵,古希腊人在酒神秘仪上呈现出癫狂状态。这两种艺术冲动彼此斗争,同时又相互制约,此消彼长,二者结合产生了古希腊悲剧。有学者认为日神与酒神都属于人的非理性领域,而通常意义上所认为的日神代表着人的理性是一种误解。[①] 笔者以为,酒神与日神皆是人的两种冲动,酒神为生理上的冲动,日神为理性的冲动。酒神强调人回归自然之中物我不分,而日神用各种社会规范压制自己的生理冲动,从而融入社会中。正如尼采所说,"日神安抚个人的办法,恰是在他们之间划出界线,要求人们'认识自己'和'中庸',提醒人们注意这条界线是神圣的世界法则。……酒神激情的洪波随时重新冲毁日神'意志'试图用来片面规束希腊世界的一切小堤坝。"[②] 人受这两种冲动的支配,"日神状态,酒神状态。艺术本身就像一种自然的强力一样借这两种状态表现在人身上,支配着他,不管他是否愿

---

① 参看［德］尼采:《悲剧的诞生:尼采美学文选》,周国平译,生活·读书·新知三联书店1986年版,译序第2页。
② 同上书,第40页。

意，或作为驱向幻觉之迫力，或作为驱向放纵之迫力。这两种状态在日常生活中也有所表现，只是比较弱些：在梦中，在醉中。但是，即使在梦和醉之间，也存在着同样的对比，两者都在我们身上释放艺术的强力，各自所释放的却不相同：梦释放视觉、联想、诗意的强力，醉释放姿态、激情、歌咏、舞蹈的强力。"①

古希腊人受这两种冲动的影响，产生了阿提卡悲剧这种既是酒神的又是日神的艺术作品。但在古希腊社会发展的后期，苏格拉底的理性主义的影响越来越大，古希腊悲剧走向了灭亡。

尼采关于人受两种冲动支配的理论也影响了伟大的精神分析学家弗洛伊德。弗洛伊德认为，人受许多种动力的支配，有些是意识的有些是无意识的，它们相互对立却又和谐共处。意识在人的精神层次的表层，而无意识则深潜于人的精神层次的内里，它包含着人类心理中不被社会理性所容纳的各种原始冲动和欲望，此外，人的心理层次中还包含着前意识，它处于意识与无意识中间，防止人的各种无意识冲动转换为意识。弗洛伊德后期对自己的观点有所修正，提出了本我、自我与超我的概念。本我处于心灵最底层，是各种本能欲望的集中处，相当于他早期概念中的无意识；自我是理性的意识

---

① ［德］尼采：《悲剧的诞生：尼采美学文选》，周国平译，生活·读书·新知三联书店1986年版，第349页。

结构部分，处于本我与外界之间，根据外界的原则来决定人的行为；超我是理想化的自我，他指导自我以道德良心自居，压抑本我的各种本能冲动。人格的这三个部分相互作用，从而引发人的各种行为。关于人格的各个层次，弗洛伊德提出了著名的"冰山理论"，他认为人的人格就像是海面上的冰山一样，露出来的只是很少的一个部分，即人的意识部分，人格的大部分即无意识的部分都隐藏在海面中，而就是这一部分才对人格的形成起着巨大的作用。弗洛伊德虽然没有明确提到过"日神"或者"酒神"的字眼，但我们从他的意识与无意识的概念中可以看到尼采理论的影子，人就这样在各种本能冲动以及压制这各种冲动的努力中徘徊着。

彼得·谢弗的剧作中有非常独特的一种戏剧冲突——"双生"或者"双面"的冲突，具体来说，在彼得·谢弗的剧作中，总会出现两个相对位的角色，一个人物理性，严格按照社会规范来约束自己，但却逐渐意识到自己面临着一系列的问题，对自己在社会中存在的价值与意义产生疑问。与之相对还有一类人，他们对生活有热情，对未来充满信心。后者与前者的形象构成强烈的反差，表面上看，他们是完全相反的两类人物，后者的存在令前者羡慕不已，特别是他们对生活、对信仰的坚定与执着更让前者动容。两者因为种种因缘际会相遇，他们在遇见后展开了一系列的行动，被动或者主动的想要改变对方。然而，由于两者在各方面存在的巨大差异，改变的过程充满了艰辛。而在戏剧的结尾，从某种程度上说，两者基本上都归于毁灭。在彼得·谢弗诸多的戏剧作品中，无论是他著名的关于上帝与信仰问题的"三部曲"《皇家太阳猎队》《伊库斯》《上帝的宠儿》还是他的独幕剧《私人之耳》以及他最后一部作品《戈尔贡的礼物》都是如此，只有在喜剧作品《莱蒂斯与拉维纪草》中，莱蒂斯与洛特最后和解，代表具有两种不同精神冲动的人也能够共生。由此，笔者以为，彼得·谢弗剧作中对这种人类性格理论的刻画主要有两种模式，一种是代表"日神"与"酒神"的双方相遇，然后"日神"理性的一方为"酒神"感性的一方所触动，进而思索自己的人生，为此作出一些思想或者行为上的改变，但终究"日神"与"酒神"两种人物无法共处，最终他们都被毁灭（肉体或精神上），这种模式大致可以归纳为"相遇—改变—共灭"这样几个步骤，这种模式以彼得·谢弗著名的"三部曲"《伊库斯》《皇家太阳猎队》《上帝的宠儿》以及他早期的剧作《五指练习曲》、最后一部剧作《戈尔贡的礼物》为代表，这成为他此种剧作最主要的一种模式；还有一种模式以他的喜剧作品《莱蒂斯与拉维纪草》为代表，"日神"与"酒神"两种代表人物相遇，一方也为另一方作出改变，但最后她们能够和平共处，剧作取得"大团圆"结局，这种模式可以总结为"相遇—（试图）改变—共处"这样几个步骤。

一、相遇—(试图)改变—共灭

《戈尔贡的礼物》中相对位的两个人是爱德华与海伦，从各个方面来看，他们都是截然不同的。从生活背景来看，爱德华出身于一个普通的家庭，父亲是俄罗斯难民，从皇家邮政局退休后整日无所事事；母亲是威尔士人，遭受了长期的苦难，靠出租房屋为生。爱德华本人靠给学生们打扫房屋赚钱。可以说，爱德华的家庭出身并不好。与之相对，海伦的父亲是大学里的古典文学教授，母亲虽然四年前去世，但生前也是一名大学教授，海伦本人也是一个学者，平时做导师赚取生活费，属于受人尊敬的典型的中产阶级家庭出身。可以说，他们的家庭背景迥然不同。他们第一次相遇时，这些情况就通过两个人的对话交代了出来。在人生态度上，两个人也有着不同的想法。爱德华崇尚极端，他认为现代人太间接，拿阿伽门农被其妻子克吕泰涅斯特拉杀死一事来说，他认为克吕泰涅斯特拉就该如此。因为阿伽门农杀死了自己的女儿，所以他的妻子必须为自己的女儿报仇。"纯粹的复仇就是纯粹的正义……这才是戏剧，清晰而明了"。[①]"有时你必须用血来清洗自己。"[②] 正是因为

---

① Peter Shaffer. *Lettice and Lovage and Yonadab*. London: Penguin Group, 1987, p.16.
② Ibid, p.17.

爱德华的这些极端言论，所以他获得了一个外号："极端爱德华"，他为此沾沾自喜地对海伦说，在他死后的墓志铭上将有这样一句话："这里躺着爱德华·戴蒙逊，他终生生活于极端之中。"[1] 他对生活有热情，对戏剧痴迷，在他看来戏剧是"唯一不会死亡的宗教……戏剧给我们信仰和真正的惊奇——这正是宗教应该做的……戏剧是光源，是神圣的、必不可少的。"[2] 而他认为自己是这个宗教的牧师之一。但和平主义者海伦反对在戏剧中充斥着暴力、血淋淋的场面。在爱德华戏剧创作的前期，他听从了海伦的意见，并没有将那些暴力的场面写入戏剧中，他的戏剧取得了巨大的成功。但后来，他坚持自己的创作取向，暴力、血腥都融入了他的戏剧中，他的戏剧生涯遭遇滑铁卢，失败后的他灰心丧气，躲入希腊小岛中自暴自弃。就在海伦受够了这种生活决定要离开的时候，他自杀了，但却让人误以为是失足发生意外。性格、理念有着诸多分歧的两个人相遇了，爱德华也确实为海伦作出了一些改变，但这种改变终究是不彻底的，爱德华最终付出了死亡的代价，海伦也深陷在这段回忆中无法自拔。

彼得·谢弗的很多剧作都描述了这种无法和谐共处的"日神精神"与"酒神精神"人物。当皮萨罗遇到阿

---

[1] Peter Shaffer. *Lettice and Lovage and Yonadab*. London: Penguin Group, 1987, p.17.
[2] Ibid, p.22.

塔瓦尔帕，狄萨特遇到艾伦，萨列瑞遇到莫扎特，他们最终的结局都以悲剧告终。彼得·谢弗通过他的剧作向我们指明了当代社会中人的悲剧处境。

二、相遇—改变—共生

《莱蒂斯与拉维纪草》是彼得·谢弗剧作中比较特殊的一部，它是一部喜剧，主角是两个女性，这两个女性闲暇时喜欢扮演历史上那些著名人物上断头台时的情景。在这部剧作的两个主角莱蒂斯与洛特身上，我们看到了彼得·谢弗剧作中一贯有的两种性格、特质截然相反的人：莱蒂斯热情、冲动、热爱戏剧表演，喜欢编织一些故事，换句话说，爱幻想；洛特沉稳、不喜欢沉浸在幻想中，对戏剧表演也没有强烈的冲动。正是这样好像生活在两个世界中的人相遇了，接下来她们之间发生了许多不可思议的事情，两个人的性格逐渐的被对方改变了一些，虽然由于意外事件的发生，两个人差点不欢而散，但最后洛特也想明白了自己真正要的是什么，最终两人和解，憧憬着美好的未来。在这部剧作中，代表狄奥尼索斯冲动的莱蒂斯与代表阿波罗冲动的洛特是彼得·谢弗着力塑造的两种人物，这两种不同的力量构成这两个人物的主要精神特质，她们相互的改变了对方，但也许因为这是一部喜剧，所以剧作的最后并没有像彼得·谢弗其他剧作那样代表不同力量的主人公都归于毁灭,这部剧作的结尾表明"日神精神"与"酒神精神"也能够和谐共处。

仔细审读这部剧作,我们发现,莱蒂斯与洛特之间的关系,正如彼得·谢弗其他剧作中两个相对位的人的关系一般,经历了复杂的关系变化,而这个变化大致分为三个阶段。第一阶段中两个截然相反的人由处于对立状态到相遇,一方为另一方所吸引。在这部戏剧开始的第一幕是莱蒂斯在为游客解说福斯丁家族的故事,面对这样一所老宅,莱蒂斯逐渐对千篇一律的解说词失去兴趣,于是,她开始在解说时自己编入一些故事。游客起初也听得津津有味,但后来,游客中有人对这些故事开始怀疑。于是,有游客向负责福斯丁家族产业托管的公司递交了投诉信,洛特负责调查这件事情。当她亲耳听到莱蒂斯向游客们绘声绘色的讲述那些所谓的福斯丁家族的故事时,她非常愤怒。作为一个受社会信条规范已久,严格按照社会约定办事的人,洛特当然无法容忍这种天马行空任意编造的行为,这是对她以及整个社会规范的挑战。当莱蒂斯对自己的行为进行辩解,并认为自己的行为无可厚非的时候,洛特愤怒地辞掉了莱蒂斯。但是,戏剧的发展也如彼得·谢弗其他剧作一般,当理性的人遇到热情、有活力的"对手"时,理性者通常会发生一些改变。洛特在办公室里与莱蒂斯见面后,莱蒂斯向洛特讲的苏格兰女王上断头台时的情景显然给洛特留下来深刻的印象。几天后，洛特去莱蒂斯的公寓拜访她，两个人开始向对方讲述自己的故事。通过讲述，我们得知，莱蒂斯受母亲的影响，非常喜欢戏剧与历史，正是这种家庭环境造就她今日的生活状态：做一个感性的有激情的人，她的座右铭是三个词：放大—有活力—启蒙（enlarge-enliven-enlighten）。洛特虽然一直循规蹈矩的生活着，但其内心一直压抑着对美的向往与对社会成规的反叛。她喜欢美丽的古老的建筑，与莱蒂斯因为对古代文学、历史的共同喜爱而逐渐地走到一起。

当理性的人遇到感性的人之后，她总会因为对方的出现而思考更多的东西，接下来就会改变些什么。果然，在这次相遇之后，洛特开始来到莱蒂斯的家里参加演出，她们的关系进入第二个阶段，洛特确实改变了许多，因为她虽然口头上反对很多东西，但她内心里却渴望着做一些她嘴上公开指责的事情，而莱蒂斯能满足洛特内心的这个愿望，或许这也是她们能够成为朋友的原因。彼得·谢弗向我们展示了人的性格的多重性，尤其是他剧作中那些遵守社会规范的人，其实内心渴望着做"另一个自己"，当他们遇到热情、感性的人时，他们会羡慕对方，心理渴望成为对方那样的人，由是观之，莱蒂斯的出现，其实反倒是帮了洛特的忙，使她有机会做另外的自己。在她们演戏的过程中，莱蒂斯感到最高兴的地方是看到洛特表演时情绪的变化——从尴尬到兴奋。洛特遗传了父亲身上那些文明人的因素，因此她的角色大部分都是审判者,但不久她也开始扮演群众:那些在绞刑台上带头大喊的人,当然她也扮演行刑者——舞弄斧头,在断头台上帮忙之类的。直到出事那天——1月30日——查理一世1649年上断头台的日子,洛特想要扮演查理一世本人,这是洛特"表演生涯"中的重大转变,而莱蒂斯也为这一变化表示由衷的高兴。

在洛特与莱蒂斯的交往过程中,沉稳的洛特改变了许多。或许这是"人格面具"压抑下"自我"的真实释放,能够让洛特释放自己的是莱蒂斯。莱蒂斯的热情确实能感染所有的人,就在她向律师讲述这段往事的时候,她居然也能鼓动律师加入表演的行列,让他开始为演出奏乐。真相大白,律师要求洛特为莱蒂斯解释,但洛特又想到了自己的处境,不想让别人说闲话而拒绝。但是,最终洛特彻底放弃了自己原先的立场,她又回到了莱蒂斯的公寓,说明自己又转变了态度,"是的,我恨这份工作。你是正确的:我承认。我很高兴终于能和这个工作说拜拜了——是的!我不会躲在过去的生活中度过自己的余生。"[1] 剧尾时的洛特比莱蒂斯还要兴奋,因为在她们两人的对话中,洛特的台词占了大部分,她沉浸在与莱蒂斯并肩战斗的喜悦中,甚至她对着观众兴奋的重新解释起莱蒂斯的座右铭,"为枯萎的灵魂放大,

---

[1] Peter Shaffer. *Lettice and Lovage and Yonadab*. London: Penguin Group, 1987, p.75.

为死去的精神复活,为暗淡的、乏味的眼睛启蒙。"[1] 这说明她们之间的关系进入第三个阶段,洛特变得比莱蒂斯还要感性、冲动了。代表日神精神的洛特在经过一系列的改变之后与代表酒神精神的莱蒂斯在虚拟的导游词中结束了表演,她们的结局说明日神精神与酒神精神的和谐共处。

考察彼得·谢弗剧作中对日神精神与酒神精神描摹的原因,我们发现,这与彼得·谢弗的个人情况以及他本人对心理学的兴趣有关。彼得·谢弗有一个孪生兄弟安东尼·谢弗,关于兄弟两人之间的关系,我们没有找到很多的资料。根据现有的文献看,彼得·谢弗的家庭氛围还是比较融洽的,兄弟两人也曾一起合作过许多事情。比如上大学期间,他们曾合办学生刊物,并且一起写过侦探小说。然而,双胞胎之间的关系总是微妙的。许多心理学家曾指出这方面的问题,比如朱尔斯·格伦(Jules Glenn)做过大量的关于双胞胎的实验,他认为彼得·谢弗与安东尼·谢弗之间的竞争贯穿于他们作品的始终。格伦认为,双胞胎被一起抚养长大的时候,就如彼得与安东尼这样,他们经常会有一种夹杂着强烈的情感联系的强烈的竞争。也就是说,双胞胎之间有一种爱恨交织的关系:双胞胎之间都在竞争,但每个人的潜

---

[1] Peter Shaffer. *Lettice and Lovage and Yonadab*. London: Penguin Group, 1987, p.78.

意识中又渴望着与自己的竞争对手融为一体。经常的，双胞胎的每一个个体都觉得自己是不完整的，只是"半个人"，他渴望着与"另一半自己"融为一体。这种爱恨交织的感情常常会很强烈，每个双胞胎感到他的兄弟夺走了母亲对他的爱时都会感到难受。虽然双胞胎渴望与作为"另一半自己"的兄弟或者姐妹融合，成为一个"完整的自己"，但报复的感觉是本能的，并且通常指向母亲、父亲或者兄弟。① 彼得·谢弗曾经谈起过这个问题，"在孩童时期，我们总是穿得差不多。现在我认为这是一个非常糟的主意，做双胞胎的梦魇之一就是经常会被问，'哪个是你？'恐怕我有些迟钝因为我根本不记得心理学家们所认为的我必定会记得的著名的兄弟姐妹之间的竞争。"②

彼得·谢弗之所以能够对人类心理的两种层次有这样的描摹，与他个人的经历和对社会的体会也有关系。在第二次世界大战期间，他曾在煤矿工作，那是一个极为艰苦但是他不得从事的工作。"二战"结束后，他得以进入剑桥读书，与在煤矿的生活相比，剑桥的日子可以说是天堂。彼得·谢弗事后回顾这一段经历的时候认为他自己也无法忘记这两个世界的强烈对比，在矿区是工业的、苦力的世界，而在剑桥是自由的、学术的世

---

① 参见 Gene A. Plunka. *Peter Shaffer: Roles, Rites and Ritual in the Theatre*. Fairleigh Dickinson University Press, 1988, p.31.
② Ibid, pp.15.

界。但即使在剑桥，彼得·谢弗也是一个边缘人物。他没有与任何戏剧圈的人来往，虽然日后导演过他的剧作的彼得·霍尔和彼得·伍德当时都在剑桥。他说自己"是一个不合群的人……我感觉到有许多彼得·谢弗共同生活在一个身体内，并且现在依然这样感觉。"[①] 作为一个在犹太中产阶级家庭中生活长大的人，彼得·谢弗周围的环境是相对保守的，他曾说过，他从小接受的教育认为，做正事才是真实的，艺术都是虚假的，因此，接触戏剧并不是一个合适的爱好，只有从事正经的办公室里面的工作才是可以的。这也是他毕业之后一直在从事别的工作，甚至在写了侦探小说之后才开始写戏，才承认戏剧是他的灵感之源的原因。正是这样的家庭与生活环境，使得彼得·谢弗想要挣脱传统环境、听从内心的召唤，做一些被家庭和同龄人无法接受的事。[②] 这也是他日后在一次访谈节目中所谈到的，他向布莱恩·康奈尔（Brian Connell）表达了他长久以来对人性的两重性的痴迷，在这场题为"戏剧痛苦的完美的两重性"的访谈中，他说道："在我身上有一种我可以称为日神与酒神方面的持续性冲突，比如《伊库斯》里面的狄萨特和艾伦·斯特兰。我并不用这些干巴巴的学术词汇来指称，我只是感到一方面直觉的暴力冲突和另一方面要求

[①] 转引自 Gene A. Plunka. *Peter Shaffer: Roles, Rites and Ritual in the Theatre*. Fairleigh Dickinson University Press, 1988, p.17.

[②] Ibid, p.29.

秩序和压抑的渴望之间的永恒的冲突。"[1]

在彼得·谢弗的剧作中，这种两极相对的情况不仅发生在两个截然相反的人身上，即使同一个人的内心也在发生着这种分裂的痛苦；不仅如此，如果从大的情节结构方面考虑，可以发现，他的剧作中这种两极相对的事件或者情景比比皆是。在《皇家太阳猎队》中，我们时常感受到西班牙所代表的西方现代文明与印加帝国所代表的古老文明的冲突，个人主义至上与集体主义盛行的冲突，信仰缺失与信仰坚定的冲突，而如果按照克里斯托弗·因斯（Christopher Innes）的说法，联系这部剧作诞生的20世纪60年代正是苏联为首的社会主义阵营与美国为首的资本主义阵营的对抗阶段，那么，这部剧作或许还是对这两个超级大国的对立的隐喻。

如果从文化源流上来看，两个不同人物之间的竞争与对立的情况在远古时期即已出现。在古希腊神话和《圣经》中出现了大量作为后世范本的原型人物，其中为我们所熟知的有该隐与亚伯、大卫与扫罗的故事。该隐（Cain）与亚伯（Abel）是亚当与夏娃的孩子，该隐是长子，他名字的意思是"得到"，亚伯是该隐的弟弟，其名字的意思是"虚空"。从名字所代表的意思上看，他们两个截然不同，事实也确实如此。该隐是耕

---

[1] 参见 Anon. "Modern/ Postmodern Remakes of Classical Greek Theatre." *An Optional Course Book for 3rd Year Students in English, D.I.D.F.R.*, Universitatea Dunarea de Jos, Galati, 2008, p.39.

田的，亚伯是放牧的。到了他们向上帝献祭的时候，该隐拿出土地上的东西，亚伯则拿出精选的乳羊，上帝选中了亚伯的东西，这引起了该隐的嫉妒。于是该隐把亚伯骗至野外并将他杀害。上帝看到了该隐的罪行，将他放逐。

《圣经》撒母耳记中同样记述了两个相互竞争的人：大卫和扫罗。扫罗生活于公元前11世纪，神立他为以色列的第一位王，但他因没有听从神的话，对敌人心慈手软而遭到神的厌弃。后来扫罗的侍从大卫在战争中屡破强敌，受到人们的爱戴，但这却遭到扫罗的嫉妒。于是，他们两人之间展开了一段对立与竞争的关系，只是，此时的神已经认定大卫为王，且大卫的周围总是有着其他人的帮助。竞争中处于上风的扫罗一次次的加害大卫。扫罗任命大卫为千夫长，实为借敌人之手杀死大卫，但大卫经受住了考验。后来，大卫不得不逃亡，但最终扫罗及其儿子都战死，大卫被立为犹大王。

从作为西方文学源头的《圣经》中，我们看到了后世文学作品中经常见到的两种对立人物的原型，这说明这种形象的存在由来已久。但是彼得·谢弗对这种现象与人物的摹写又超过了传统意义上的此类原型人物。无论是在《圣经》中的此类人物还是在其他文学作品中，作为对立的这两类人物是纯粹的两个个体，他们在对同一个事物的竞争中处于绝对对立的状态。在彼得·谢弗的剧作中，处于竞争关系的两个人既相互对立又相互联结，具有剪不断理还乱的关系。而彼得·谢弗剧中描绘的这两类人物的相处模式与结果，使我们对西方文化中具有原型意义的这两类精神以及有这两种精神的人有了更深刻的理解。

结 语

彼得·谢弗的最后一部剧作是写于1992年的《戈尔贡的礼物》，这仿佛是他一生写剧生涯的总结，剧中那个极端、崇尚暴力的埃德蒙与低调的谢弗性格迥然不同，但埃德蒙将戏剧视作宗教，将自己的全部生命都奉献给戏剧的行为与态度却仿佛说出了彼得·谢弗的心里话。如今，彼得·谢弗已经作古，但他的剧作依然在纽约百老汇、伦敦西区上演着，依然感动、震撼着每一位观众并引发他们的思索。

作为当代英国戏剧史上一位举足轻重的剧作家，彼得·谢弗对当代戏剧最大的贡献是体现着他总体戏剧思想的戏剧作品。总体戏剧虽然并不是一种创作手法或者舞台表现方法，但戏剧家关于总体戏剧的不同的理念却能为艺术实践提供指导。由瓦格纳提出整体艺术说开始，到阿庇亚、戈登·克雷、雅克·科波、莱因哈特、梅耶荷德、阿尔托提出总体戏剧概念，这些戏剧家们对于戏剧概念以及戏剧本质要素有着不同的理解，但他们的戏剧实践与理论反映出现当代戏剧家们对戏剧各个要素尤其是剧场性的重视。他们修正了传统戏剧中只重视戏剧文学性即剧本的倾向，将剧场的重要性凸显出来。但当我们检视这份总体戏剧提倡者的名单的时候，发现他们的身份大多为导演。他们在反叛"剧本中心论"的同时却陷入"剧场中心论"的泥沼。

彼得·谢弗与他们不同，他在重视剧场性的同时，并未将文学性要素逐出门外，正因如此，他才能够将文学性与剧场性兼顾，创作出既有深厚的内容底蕴又呈现出令人震撼的剧场效果的作品，因此，考量他的总体戏剧观，不仅对编剧而且对导演、表演工作者等都能提供借鉴意义。

彼得·谢弗的总体戏剧主要表现为，戏剧思想方面，其剧作包含形而上层面的思索，描绘人在信仰上的困惑，探讨其在社会中的身份认同问题；从戏剧本体层面来看，他的剧作既有较高的文学性，又重视音乐、造型要素的作用，此外，还有面具、哑剧、仪典等因素；从创作方法来看，他的剧作既有写实主义的客厅剧、喜剧，还有叙事者登场的史诗剧，亦夹杂着阿尔托残酷戏剧的影子；从严肃戏剧所面临的先锋性与大众性的永恒矛盾而言，他的戏剧很好地将艺术性与商业性结合起来，成为既卖座同时又不乏艺术性的上乘之作。正是因为他严肃的戏剧创作态度（正如彼得·霍尔所言，彼得·谢弗对戏剧通常进行反复的修改）、虚怀若谷的戏剧创作精神（他会重视演员和导演对戏剧的修改意见，将剧本带到排练场上反复修改，因此其剧作可说是成熟的舞台上演版本），他才能取得如此高的艺术成就。

彼得·谢弗的剧作也曾多次登上中国的话剧舞台，《上帝的宠儿》曾于1984年7月由上海人艺演出于艺术剧场，这是彼得·谢弗的剧作第一次被搬上中国的舞台，1986年2月该剧再次由北京人艺上演。1986年9月《马》也在上海首演。此外，《马》和《黑暗中的喜剧》曾多次被我国各大艺术院校搬上舞台。

当彼得·谢弗的《上帝的宠儿》与《马》进入中国之后，原作中创造性的戏剧表现方法被中国戏剧家发扬光大，尤其是《上帝的宠儿》原剧中灵活的舞台手法在中国导演的手中焕发出新的活力，北京人艺演出的此剧被评论家誉为"西方话剧与中国戏曲紧密结合，天衣无缝"。这说明彼得·谢弗剧作与中国戏剧理念的相通之处。而彼得·谢弗的总体戏剧理念与中国戏剧家们对戏剧概念以及剧场要素的理解确实也有相合之处。

高行健是总体戏剧的积极倡导者与实践者，他认为"理想的现代剧作最好是能直接用于演出的一部总谱，台词只不过是剧作中的一个部分。上一两个世纪的戏剧一度被当成文学的一种样式，今后这种作为文学一种样式的剧本也还会有，但我以为现代戏剧在强调自身存在的必要的时候，除了要区别于电影和电视，也还要充分认识到它不同于文学的那一面，也就是说，作为表演艺术的这一面。从这些认识出发，戏剧就不只是一种语言的艺术，原始宗教仪式中的面具、傩舞与民间说唱，耍嘴皮子的相声和拼气力的相扑，乃至于傀儡、影子，魔术与杂技，都可以入戏。两千多年前汉代的百戏就这样把这众多的表演的技艺都汇入一起，尔后才有了这门综合艺术,称之为戏剧。"① 他的戏剧不但重视文学性与剧场性,同时将戏曲等元素也融入了话剧中,高行健的戏剧也传达了中国哲学的精神,在他的戏剧中,我们看到了他在总体戏剧理念上与彼得·谢弗的相似之处。

多次与高行健合作,将其剧作搬上舞台的林兆华导演也是对总体戏剧有着执着探求的人,他们的亲密合作也让人想起彼得·谢弗与彼得·霍尔,"高行健与我从剧本创作、排练、演出以及演出后直接听取群众意见,全过程我们都滚在一起。我可以修改他的剧本,他也可以到我的排练场排戏,交谈、争论、试验、否定……逐步完善他的剧作,实现我的导演构思。我们的合作是愉快的,和谐的,因为总是希望在戏剧这门艺术中有所创造的这种热情把我们紧密地联系在一起。"② 他们合作搬上舞台的《绝对信号》《车站》与《野人》等剧将音乐、戏曲等各种元素融入剧作中,并通过舞台手段将人物的心理直接表现于舞台之上,尤其在《野人》一剧中,将湖北神农架地区的婚嫁歌、锣鼓、号子以及赣东北的傩舞、道教正一派的赶鬼仪式、巫术面具等各种元素都融进了这一部戏中,成为名副其实的总体戏剧。这部戏也体现出林兆华一直以来所追求的"全能戏剧"的想法,

---

① 高行健:《我的戏剧观》,出自《高行健戏剧集》,群众出版社1985年版,第277页。
② 林兆华:《垦荒》,《戏剧》1988年春季号,转引自林克欢编:《林兆华导演艺术》,北方文艺出版社1992年版,第47页。

"我们的试验总体上的追求,在《绝对信号》艺术构思的对话中早已讲的明明白白——最大限度地借鉴戏曲的美学原则,创造既是民族的也是当代的全能戏剧。广而言之,管它是东方的,西方的,音乐、美术、文学等各门类艺术新发展之精华,只要借助于戏剧的艺术表现力,我们也都不妨拿来为己所用。"[1] 林兆华对全能戏剧的探索由来已久,1986年林兆华与英若诚合作将彼得·谢弗的《上帝的宠儿》搬上中国舞台,他结合中国实际对这部剧作进行了创造性的改动,"为了体现上帝这个概念以及烘托不可缺的宗教气氛,导演设想了用灯光打出一个巨大的十字架,收到了良好效果。导演推出了舞台使演员进入观众席,让萨烈瑞的某些忏悔性的独白和那些叙述性的语言得以深入观众意识之中,从而加强了交流。另外导演安排剧中的'风言'、'风语'这两个'人物',颇类似中国戏曲中的'报子'。他们踏着一种'滑板'上场,来去如风。据说这也是一种尝试与创新,未见于其他国家的演出。这样安排加快了戏的节奏。剧中的剧场景色通过两排枝形大吊灯(六盏)的光辉,制造出无限意境与幻觉,这真是舞台美术家的精彩之笔、干净洗练而韵味无穷。"[2] 可见,中国戏剧人在对

---

[1] 林兆华:《垦荒》,《戏剧》1988年春季号,转引自林克欢编:《林兆华导演艺术》,北方文艺出版社1992年版,第106—107页。

[2] 邹霆:《早逝天才的悲剧——〈上帝的宠儿〉观后随想》,《戏剧报》1986年3月。

待外国戏剧作品时也并非全面照搬，而是有着自己的创新与发展，这也反映出他们与彼得·谢弗的总体戏剧理念的异同。

本书尝试从五个方面概括、总结彼得·谢弗的总体戏剧观，虽然这五个方面涵盖了从舞台形式、剧作结构到剧作内容诸多方面，但这只是一个初步的尝试，可以说，彼得·谢弗的总体戏剧思想并不仅于此，笔者期待着更多后续研究出现。

附 录

1. 彼得·谢弗主要创作与活动年表

1926　　　　5月15日出生于英格兰利物浦，其双胞胎兄弟安东尼·谢弗也是一名剧作家（《侦察》作者）

1947—1950　就读于剑桥三一学院，获得历史学学士学位与其双胞胎兄弟安东尼·谢弗合编学生刊物《格兰塔》（Granta）

1951　　　　出版第一本侦探小说英国版《衣柜里的女人》（The Women in the Wardrobe）

1952　　　　出版英国版《小鳄鱼如何？》（How Doth the Little Crocodile?）

1954—1956　在伦敦为音乐出版商布斯（Boosey）和哈威克斯（Hawkes）工作

1955　　　　11月8日《盐碱地》（The Salt Land）独立电视版出品

　　　　　　英国版《憔悴的杀人犯》（Withered Murdered）出版

1956　　　　美国版《憔悴的杀人犯》出版

1956—1957　做每周评论杂志《真相》（Truth）的文学评论家

1957　　　　12月4日（一说为9月4日）广播剧《浪

	荡的父亲》(The Prodigal Father)在英国广播公司的周六下午场播出
	11月21日英国广播公司制作的电视剧《恐怖的平衡》(Balance of Terror)在英国播出
	美国版《小鳄鱼如何？》(How Doth the Little Crocodile?)出版
1958	1月27日《恐怖的平衡》在美国播出
	第一部舞台剧《五指练习曲》(Five Finger Exercise)大获成功
1961—1962	《时间与潮流》(Time and Tide)杂志的音乐评论家
1962	5月10日《私人之耳》(The Private Ear)与《公共之眼》(The Public Eye)伦敦首演
1963	10月9日《私人之耳》与《公共之眼》纽约首演
	12月17日,《狂妄者的哑剧》伦敦首演
	与彼得·布鲁克合作的威廉姆·高丁的《君主档案》的完整电影剧本完成
	为电视剧集《这就是这周》(That Was the Week That Was)所写的《建立》(The Establishment)美国版出版
1964	7月6日《皇家太阳猎队》(The Royal Hunt of the Sun)首演于奇切斯特艺术节，12月

	8日上演于伦敦国家剧院
1965	7月27日《黑暗中的喜剧》(*Black Comedy*)首演于奇切斯特艺术节,随后于伦敦国家剧院上演
	10月26日《皇家太阳猎队》纽约上演
1967	《黑暗中的喜剧》和《善意的说谎者》(*White Lies*)上演于纽约
1968	2月21日,《黑暗中的喜剧》和《善意的说谎者》(*The White Liars*)上演于伦敦
1970	2月5日《忏悔屋之战》(*The Battle of Shrivings*)伦敦首演
	12月24日《五指练习曲》在英国广播公司戏剧月中播出
1972	完成《公共之眼》的电影剧本,又名《跟我来》(*Follow Me*)
1973	7月26日《伊库斯》(*Equus*)伦敦首演于国家剧院
1974	10月24日《伊库斯》纽约上演,《忏悔之屋》出版
1976	6月28日《善意的说谎者》与《黑暗中的喜剧》联袂演出于伦敦肖剧场
1977	《伊库斯》电影版公映
1979	《上帝的宠儿》(*Amadeus*)演出于伦敦国家剧院

	1980	12月17日《上帝的宠儿》纽约首演
	1984	电影版《上帝的宠儿》公映
	1985	12月4日《约拿达》(Yonadab)伦敦首演于国家剧院
	1987	获得大英帝国司令勋章(Commander of the British Empire)
		10月27日《莱蒂斯与拉维纪草》(Lettice and Lovage)伦敦首演
	1989	11月20日《我有荣幸向谁演说?》(Whom Do I Have the Honour of Addressing?)在英国广播公司播出
	1990	3月25日《莱蒂斯与拉维纪草》(Lettice and Lovage)纽约上演
	1992	12月16日《戈尔贡的礼物》(The Gift of the Gorgon)首演于伦敦巴比坎(Barbican)中心的皮特(Pit)剧院

以上根据《谢弗档案》(Virginia Cooke and Malcolm Page compiled, *File on Shaffer*, Methuen London and New York, 1987)和《彼得·谢弗(修订版)》(Dennis A.Klein, *Peter Shaffer Revised Edition*, 1993, Twayne Publishers New York)整理而成。

2. 彼得·谢弗剧作首演情况

《五指练习曲》

两幕戏。1958年首次出版。同年7月16日首演于伦敦喜剧院,导演约翰·吉尔古德（John Gielgud）。获得奖项：伦敦晚会评论奖；1958—1959年度新剧作家最佳剧目奖。

1959年12月2日纽约首演于音乐盒剧场,导演是吉尔古德。获得奖项：纽约戏剧评论圈最佳外语剧作奖。

《公共之眼》与《私人之耳》

皆为独幕剧。1962年首次出版。1962年5月10日首演于伦敦环球剧院,导演是彼得·伍德（Peter Wood）。1963年10月9日纽约上演于莫罗斯克（Morosco）剧院,导演彼得·伍德。

《善意的说谎者》

独幕剧。1966年首次出版。1967年2月12日演出于纽约的埃塞尔巴里摩尔（Ethel Barrymore）剧院,导演约翰·德克赛特（John Dexter）。1968年上演于伦敦的黎瑞克（Lyric）剧院,导演彼得·伍德。

《皇家太阳猎队》

两幕戏。1964年首次出版。1964年7月7日首演于奇切斯特国立剧院,导演约翰·德克赛特和戴斯蒙德

（Desmond O'Donovan）。1965年10月26日演出于纽约安塔剧院（Anta Theatre），导演约翰·德克赛特。

《黑暗中的喜剧》

独幕剧。1966年首次出版。1965年7月27日由皇家剧团制作首演于奇切斯特（Chichester），之后演出于老维克剧院，导演约翰·德克赛特。

《伊库斯》

两幕戏。首次出版于1973年。皇家剧团制作，1973年7月26日首演于老维克剧院，导演、制作人约翰·德克赛特。1974年10月24日演出于纽约普利茅斯（Plymouth）剧院，导演约翰·德克赛特。

《忏悔之屋》

三幕戏。首次出版于1974年。首版名为《忏悔屋之战》。1970年2月5日首演于伦敦黎瑞克（Lyric）剧院，导演彼得·霍尔（Peter Hall）。

《上帝的宠儿》

两幕戏。1980年首次出版。1979年11月2日首演于伦敦国家剧院，导演彼得·霍尔。1980年12月17日纽约首演于布罗德赫斯特（Broadhurst）剧院，导演彼得·霍尔。

《约拿达》

两幕戏。1985年12月4日首演于伦敦国家剧院，导演彼得·霍尔。

《莱蒂斯与拉维纪草》

三幕戏。首演于1987年10月6日的皇家剧院，之后演出于伦敦环球剧院。导演迈克尔·布莱克摩尔（Michael Blakemore）。

《戈尔贡的礼物》

三幕戏。1992年12月5日由皇家莎士比亚公司首演于巴比坎中心（Barbican Center）皮特剧院（Pit Theatre），导演彼得·霍尔。

3. 彼得·谢弗剧作中国内地上演情况

《上帝的宠儿》

1984年7月由上海人艺三团演出于艺术剧场。导演罗毅之，舞美设计崔可迪，主要演员娄际成、李志良、丁铮宜、魏宗万、王祥普。

1986年2月由北京人艺上演。导演英若诚、林兆华，舞美设计赵保谭、方堃林、鄢修民，主要演员吕奇、梁冠华、宋丹丹、张永强。

《马》

1986年9月《马》在上海首演。导演陈载澧（香港），舞美设计韩纪扬、王峻、李瑞祥，主要演员俞落生、奚美娟。

1997年6月《马》在上海戏剧学院黑匣子上演，

导演谷亦安，1994级表演系学生表演。

1998年中央戏剧学院上演，导演黄定宇，1994级表演系学生表演。

《黑暗中的喜剧》

1997年上海戏剧学院上演，导演何雁，1993级表演系学生表演。

2010年上海戏剧学院新空间上演，导演蒋维国（英），2007级导演系学生表演。

参考文献

专著部分

［美］阿瑟·科尔曼、莉比·科尔曼:《父亲:神话与角色的变换》,刘文成、王军译,东方出版社1998年版。

［法］安托南·阿尔托:《残酷戏剧——戏剧及其重影》,桂裕芳译,中国戏剧出版社1993年版。

［法］安托南·阿尔托:《残酷戏剧:戏剧及其重影》,桂裕芳译,中国戏剧出版社2006年版。

［德］贝·布莱希特:《布莱希特论戏剧》,丁扬中、张黎、景岱灵等译,中国戏剧出版社1990年版。

［英］彼得·谢弗:《外国当代剧作选2》,刘安义、一匡译,中国戏剧出版社1991年版。

陈世雄:《戏剧思维》,福建教育出版社1996年版。

陈世雄、周宁:《20世纪西方戏剧思潮》,中国戏剧出版社2000年版。

陈世雄:《导演者:从梅宁根到巴尔巴》,厦门大学出版社2006年版。

陈红薇、王岚编:《二十世纪英国戏剧》,北京大学出版社2009年版。

程金城:《西方原型美学问题研究》,黑龙江人民出版社2007年版。

程金城:《原型批判与重释》,甘肃人民美术出版社

2008年版。

桂扬清、郝振益、傅俊:《英国戏剧史》,江苏教育出版社1994年版。

[英]弗雷泽:《金枝》,徐育新等译,大众文艺出版社1998年版。

傅俊编著:《英语戏剧读本(下)》,上海外语教育出版社2006年版。

[德]汉斯·蒂斯·雷曼:《后戏剧剧场》,李亦男译,北京大学出版社2010年版。

[美]霍尔等:《荣格心理学入门》,冯川译,生活·读书·新知三联书店1987年版。

何其莘:《英国戏剧史》,译林出版社1999年版。

[美]赫伯特·马尔库塞:《爱欲与文明》,黄勇、薛民译,上海译文出版社2005年版。

胡志毅:《神话与仪式:戏剧的原型阐释》,学林出版社2001年版。

江西省文联文艺理论研究室、江西省外国文学学会、江西师范大学中文系编:《外国现代文艺批评方法论》,江西人民出版社1985年版。

荆亚平编选:《中外生态文学文论选》,浙江工商大学出版社2010年版。

[瑞士]卡尔·古斯塔夫·荣格:《原型与集体无意识》,徐德林译,国际文化出版公司2011年版。

[瑞士]卡尔·古斯塔夫·荣格:《未发现的自我》,

张敦福、赵蕾译,国际文化出版公司2001年版。

[法]勒内·基拉尔:《双重束缚:文学、摹仿及人类学文集》,刘舒、陈明珠译,华夏出版社2006年版。

勒内·吉拉尔:《替罪羊》,冯寿农译,东方出版社2002年版。

李道增、傅英杰:《西方戏剧·剧场史(上、下)》,清华大学出版社1999年版。

李醒:《二十世纪的英国戏剧》,文化艺术出版社1994年版。

林克欢:《戏剧表现论》,中国社会科学出版社1993年版。

刘海平、朱雪峰主编:《英美戏剧:作品与评论》,上海外语教育出版社2004年版。

[意]马里奥·佩尔尼奥拉:《仪式思维》,吕捷译,商务印书馆2006年版。

南京大学戏剧影视研究所编:《南大戏剧论丛(贰)》,中华书局2006年版。

南京大学戏剧影视研究所编:《南大戏剧论丛(肆)》,中华书局2008年版。

[德]尼采:《悲剧的诞生:尼采美学文选》,周国平译,生活·读书·新知三联书店1986年版。

[加]诺思罗普·弗莱:《批评的解剖》,陈慧、袁宪军、吴伟仁译,吴持哲校译,百花文艺出版社2006年版。

彭兆荣:《人类学仪式的理论与实践》,民族出版社2007年版。

[瑞士]荣格:《心理学与文学》,冯川、苏克译,生活·读书·新知三联书店1987年版。

任生名:《西方现代悲剧论稿》,上海外语教育出版社1998年版。

[英]莎士比亚等:《英若诚译名剧五种》,英若诚译,辽宁教育出版社2001年版。

孙惠柱:《第四堵墙:戏剧的结构与解构》,上海书店出版社2006年版。

施蛰存编:《外国独幕剧选·第五集》,上海文艺出版社1992年版。

谭霈生:《戏剧艺术的特性》,上海文艺出版社1985年版。

汤逸佩:《叙事者的舞台》,中国戏剧出版社2006年版。

童道明:《戏剧笔记》,中国戏剧出版社1993年版。

王岚、陈红薇:《当代英国戏剧史》,北京大学出版社2007年版。

汪耀进编:《意象批评》,四川文艺出版社1989年版。

[美]维克多·泰勒、查尔斯·温奎斯特编:《后现代主义百科全书》,章燕、李自修等译,刘象愚校,吉林人民出版社2007年版。

[美]温克尔曼:《希腊人的艺术》,邵大箴译,广西师范大学出版社2001年版。

[法]翁托南·阿铎:《剧场及其复象》,刘例译著,浙江大学出版社2010年版。

汪义群主编:《西方现代戏剧流派作品选·第四卷》,中国戏剧出版社2005年版。

吴光耀:《西方演剧史论稿》,中国戏剧出版社1989年版。

[奥]西格蒙德·弗洛伊德:《论文明》,徐洋、何桂全、张敦福译,国际文化出版公司2000年版。

[英]休·亨特、肯·理查兹、约·泰勒:《近代英国戏剧》,李醒译,中国戏剧出版社1987年版。

[古希腊]亚里士多德:《诗学》,罗念生译,人民文学出版社2002年版。

杨丽娟:《理论之后与原型——文化批评》,中国社会科学出版社2010年版。

叶长海主编:《世纪转台》,上海三联出版社2009年版。

[波兰]耶日·格洛托夫斯基:《迈向质朴戏剧》,[意大利]尤金尼奥·巴尔巴编,魏时译,中国戏剧出版社1984年版。

叶舒宪编选:《神话——原型批评》,陕西师范大学出版总社有限公司2011年版。

叶舒宪:《探索非理性的世界——原型批评的理论与

方法》，四川人民出版社1988年版。

叶志良:《当代戏剧形态论》，天津人民出版社1997年版。

袁联波:《西方现代戏剧文体突围》，四川出版集团巴蜀书社2008年版。

张兰阁:《戏剧范型——20世纪戏剧诗学》，北京大学出版社2009年版。

张黎编选:《布莱希特研究》，中国社会科学出版社1984年版。

张先:《剧本创作论要》，中国戏剧出版社2003年版。

周宁:《比较戏剧学》，上海社会科学院出版社1993年版。

周宁:《想象与权力》，厦门大学出版社2003年版。

周宁主编:《西方戏剧理论史》，厦门大学出版社2008年版。

中国传媒大学戏剧戏曲研究所编:《大戏剧论坛》第5辑，中国传媒大学出版社2012年版。

Antonin Artaud. *The Theatre and Its Double*. Trans. Mary Caroline Richards. New York: Grove Press Inc, 1958.

Baz Kershaw. *The Cambridge history of British theatre : History of British theatre*. V.3, Since 1895.

Cambridge New York: Cambridge University Press, 2004.

Christopher Innes. *Modern British Drama: 1890—1990*. Cambridge: Cambridge University Press, 1992.

Christopher Innes. *Modern British Drama: The Twentieth Century*. Cambridge: Cambridge University Press, 2002.

Christopher Innes. *Modern Avant Garde Theatre*. London: Routledge Inc, 1993.

Christopher Innes. *Modern British Drama: The Twentieth Century*. Cambridge: Cambridge University Press, 2002.

C.J.Gianakaris. *Peter Shaffer*. London: Macmillan, 1992.

C.J.Gianakaris (eds). *Peter Shaffer: a Casebook*. New York&London: Garland Publishing Inc, 1991.

David Herman. (eds). *Narratologies: New Perspectives on Narrative Perspective*. Columbus: The Ohio State University Press, 1999.

Dennis A.Klein. *Peter Shaffer Revised Edition*. Twayne Publishers: New York, 1993.

D. J Vickery. *Brodie's Notes on Peter Shaffer's "The Royal Hunt of the Sun"*. London and Sidney: Pan educational, 1978.

Eberle Thomas. *Peter Shaffer: An Annotated Bibliography*. Garland Publishing Inc. New York&London, 1991.

Gene A. Plunka. *Peter Shaffer: Roles, Rites and Ritual in the Theatre.* Fairleigh Dickinson University Press, 1988.

James Acheson (eds). *British and Irish Drama Since 1960.* Hampshire and London: The Macmillan Press Ltd, 1993.

James Phelan. *Living to Tell about It.* Ithaca: Cornell University Press, 2005.

Jean-Louis Barrault. Barbarawall translated. *Reflections on the Theatre.* London: Rockliff, 1951.

John Elsom (eds). *Post-war British Theatre Criticism* .London Boston: Routledge & Kegan Paul, 1981.

John Goodwin (eds). *Peter Hall's Diaries: the story of a dramatic battle.* New York: Harper and Row, 1984. Oberon Books Ltd, 2000.

John Russell Taylor. *Peter Shaffer.* Longman Group Ltd, 1974.

K.A.Berney (eds). *Contemporary British Drama.* London Detroit Washington D C: St James Press, 1994.

M.K.MacMurraugh-Kavanagh. *Peter Shaffer: Theatre and Drama.* Macmillan Press, 1998.

Oliver M Sayler (eds). Max Reinhardt and His Theatre. New York London: Benjamin Blom, 1968.

Peter Shaffer. *Three Plays: Five Finger Exercise、*

Shrivings、Equus.Penguin Books Ltd, 1972.

Peter Shaffer. *The Gift of the Gorgon*. London: Penguin Group, 1993.

Peter Shaffer. *Lettice and Lovage and Yonadab*. London: Penguin Group, 1987.

Peter Shaffer. *The Collected Plays of Peter Shaffer*. New York: Harmony Books, 1982.

Ronald Hayman. *British Theatre since 1955: A Reassessment*. Oxford: Oxford University Press, 1979.

Samuel L.Leiter. *From Stanislaveky to Barrault: representative directors of the European stage*.USA: Greenwood Publishing, 1991.

Sarah Bryant-Bertail. *Space and Time in Epic Theatre*: the Brechtian Legacy. New York: Camden House, 2000.

Virginia Cooke and Malcolm Page compiled. *File on Shaffer*. Methuen: London and New York, 1987.

Wayne Booth. *The Rhetoric of Fiction*, Chicago: University of Chicago Press, 1961.

论文部分

陈世雄:《"伟大的综合融汇"——试论田汉的戏剧理想》,《戏剧艺术》1999 年第 1 期。

陈友峰:《"人"的解脱与奴役——彼得·谢弗〈伊

库斯〉精神解析》,《戏剧》2005年第4期。

杜青:《〈上帝的宠儿〉与〈莫扎特之死〉中的康施坦茨印象》,《大舞台》2010年第4期。

李铎:《音乐与戏剧的完美结合——彼得·谢弗〈上帝的宠儿〉一剧中音乐的运用》,《解放军艺术学院学报》2011年第1期。

李岭:《心灵之摆——对艺术中几个两难现象的分析》,《戏剧文学》1990年第3期。

马喜文、吕春媚:《彼得·谢弗〈伊库斯〉中的古希腊悲剧元素》,《佳木斯大学社会科学学报》2010年4月第28卷第2期。

潘薇:《理智与情感的对抗——英国剧作家彼得·谢弗的名剧〈马〉解析》,《吉林艺术学院学报》2008年第4期。

荣广润:《难演而又难得的〈马〉》,《戏剧报》1986年第12期。

汪义群:《社会与人性的选择传统与现代的融合——论英国当代剧作家彼得·谢弗和他的剧作》,《戏剧艺术》1988年第2期。

许诗焱:《间离与沉醉:论谢弗剧作〈伊库斯〉中的观众感受》,《当代外国文学》2004年第4期。

于利平:《彼得·谢弗舞台作品探析》,《齐鲁艺苑》2008年第4期。

邹霆:《早逝天才的悲剧——〈上帝的宠儿〉观后随

想》,《戏剧报》1986年第4期。

束娟:《深不可测的少年心理——精神分析学在〈伊库斯〉中的体现》,上海戏剧学院2009年硕士论文。

Anon. "Modern/ Postmodern Remakes of Classical Greek Theatre." *An Optional Course Book for 3rd year students in English, D.I.D.F.R.*, Universitatea Dunarea de Jos, Galati, 2008, p.75.

Carmen Méndez García. "From 'Bad' to 'Mad': Labelling and Behaviour in Peter Shaffer's *Equus*". Sorcha Ní Fhlainn & William Andrew Myers ed. *The Wicked Heart: Studies in the Phenomena of Evil*. Oxford: Inter-Disciplinary Press, 2006.

Dennis A Klein. "'Amadeus': the Third Part of Peter Shaffer's Dramatic Trilogy." *Modern Language Studies* 13 (1983): 31-38.

Ed Block. "The Plays of Peter Shaffer and the Mimetic Theory of René Girard." *Journal of Dramatic Theory and Criticism* fall (2004): 57-78.

Fushan Lai. "Peter Shaffer's Dramatic Vision of the Failure of Society: a Study of *The Royal Hunt of the Sun*, *Equus* and *Amadeus*." Diss. Simon Fraser University, 1989.

Gene Alan Plunka, "The Existential Ritual in the

Plays of Jean Genet, Peter Shaffer and Edward Albee". PhD Dissertation. Maryland University, 1978.

Katherine A Hogan. "Talking to the Audience Narrative Characters in Twentieth-century Drama." Diss. St. John's University, 2005.

Kenneth James Norman Long. "The Use of Historical Material in Contemporary British Drama." Diss. University of British Columbia, 1966.

Leonard Mustazza. "A Jealous God: Ritual and Judgment in Shaffer's *Equus*." *Papers on Language & Literature* 28(1992): 174-184.

Martin Bidney. "Thinking About God and Mozart: The Salieris of Puškin and Peter Shaffer." *The Slavic and East European Journal* 30(1986): 183-195.

Maite de Ituarte. "The Royal Hunt of the Sun: Peter Shaffer and the Quest for God." Revista Alicantina de Estudios Ingleses, 3(1990): 67-75.

Nehama Aschkenasy. "The Biblical Intertext in Peter Shaffer's *Amadeus* (Or, Saul andDavid in Eighteenth-Century Vienna)" .*Comparative Drama*, Volume 44, Number 1, Spring 2010, pp. 45-62. Published by Western Michigan University.

Norman E. Schroder. "Memory Plays Historical and Narrative Analysis of Mediacy in First-person Focalized

Drama (Tennessee Williams, Peter Shaffer, Brian Friel, Larry Kramer)." Diss. Bowling Green State University, 1994.

Rodney Joe Simard. "Postmodern Anglo-American Dramatic Theory." Diss. The University of Alabama, 1982.

Seda İlter. "The Use of Time as an Element of Alienation Effect in Peter Shaffer's The Royal Hunt of the Sun, Yonadab, and The Gift of the Gorgon." Diss. Middle East Technical University, 2006.

Theodore D George. "The Disruption of Health: Shaffer, Foucault and 'the Normal'." *Journal of Medical Humanities* 20 (1999): 231-245.

Thomas Akstens. "Redression as a Structural Imperative in Shaffer's *Equus*." *Journal of Dramatic Theory and Criticism* spring (1992): 89-98.

William S Tepper. "To See the Soul of a Man: the Five Major Plays of Peter Shaffer." Diss. The University of Alberta, 1984.

Yasemin Uzunefe Yazgan. "Vestiges of Greek Tragedy in Three Modern Plays—Equus, A View from the Bridge, and Long Day's Journey into Night." Diss. The University of Middle East Technical, 2003.